诗咏兰山

中共兰山区委
兰山区人民政府　主编
周忠元　学术主编

齊魯書社

图书在版编目（CIP）数据

诗咏兰山 / 中共兰山区委，兰山区人民政府主编；周忠元学术主编. -- 济南：齐鲁书社，2022.1
ISBN 978-7-5333-4537-2

Ⅰ. ①诗… Ⅱ. ①中… ②兰… ③周… Ⅲ. ①诗集－中国 Ⅳ. ①I22

中国版本图书馆CIP数据核字(2021)第281411号

责任编辑：马安钰　装帧设计：亓旭欣

诗咏兰山
SHI YONG LANSHAN
中共兰山区委　兰山区人民政府　主编　　周忠元　学术主编

主管单位	山东出版传媒股份有限公司
出版发行	齊魯書社
社　　址	济南市英雄山路189号
邮　　编	250002
网　　址	www.qlss.com.cn
电子邮箱	qilupress@126.com
营销中心	（0531）82098521　82098519　82098517
印　　刷	山东临沂新华印刷物流集团有限责任公司
开　　本	880mm × 1230mm　1/32
印　　张	8
插　　页	18
字　　数	180千
版　　次	2022年1月第1版
印　　次	2022年1月第1次印刷
标准书号	ISBN 978-7-5333-4537-2
定　　价	39.00元

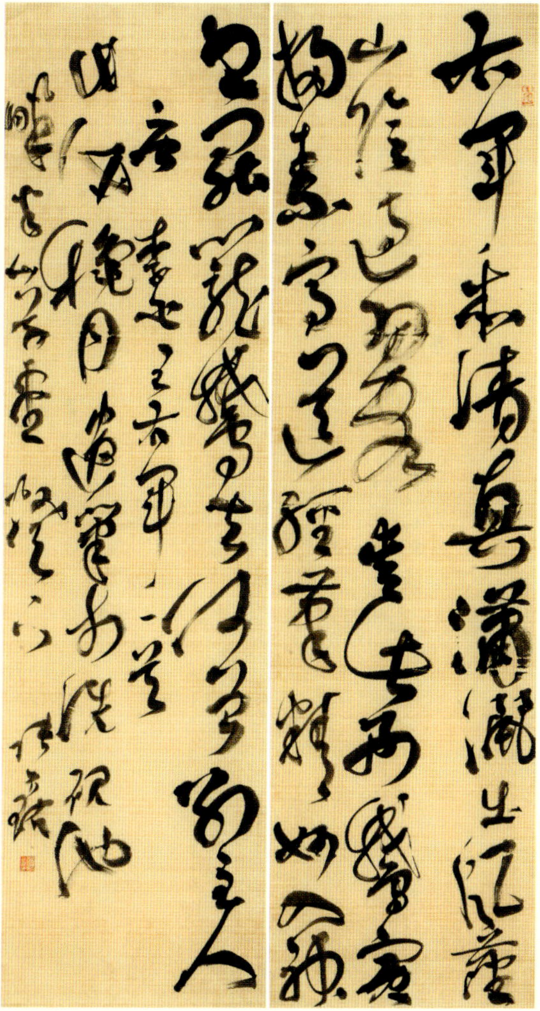

张磊 书法

右军本清真，潇洒出风尘。山阴过羽客，爱此好鹅宾。扫素写道经，笔精妙入神。书罢鹅笼去，何曾别主人。

——唐代李白《王右军》

羲之爱鹅　　▲ 冯磊 书画

▲ 于和顺 书画

望日平空远，闲情傍鸟浮。

——明代张景华《游艾山》

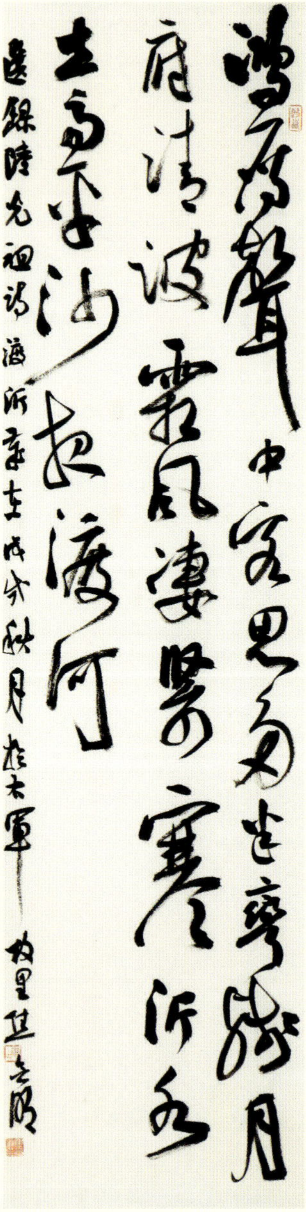

鸿雁声中客思多，
半弯残月府（俯）清波。
霜风凄紧寒沂水，
立马平沙夜渡河。

——明代陆光祖
《渡沂》

焦念明 书法

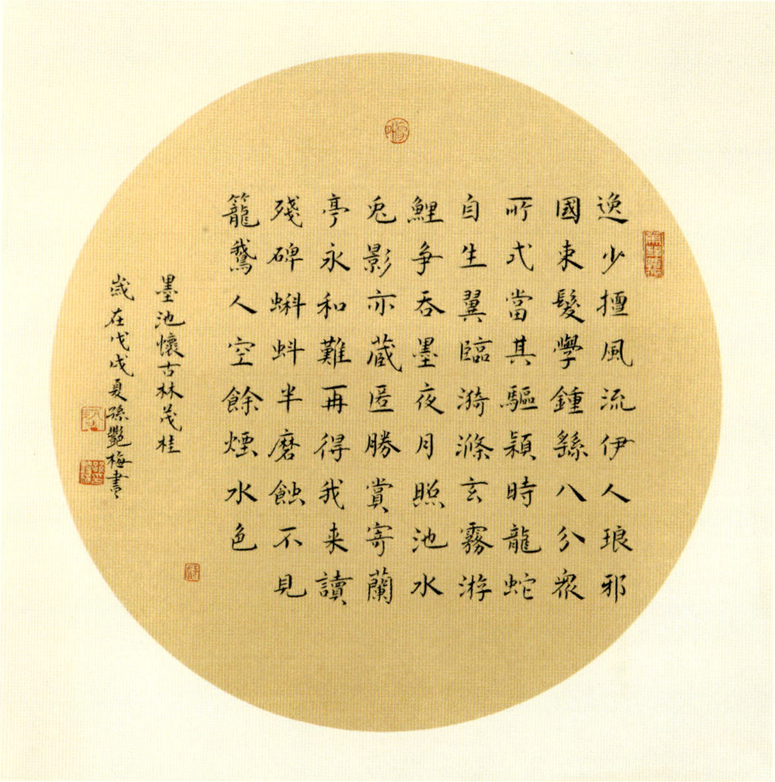

▲ 孙艳梅 书法

逸少擅风流，伊人琅邪国。束发学钟繇，八分众所式。
当其驱颖时，龙蛇自生翼。临漪涤玄雾，游鲤争吞墨。
夜月照池水，兔影亦藏匿。胜赏寄兰亭，永和难再得。
我来读残碑，蝌蚪半磨蚀。不见笼鹅人，空余烟水色。

——明代林茂桂《墨池怀古》

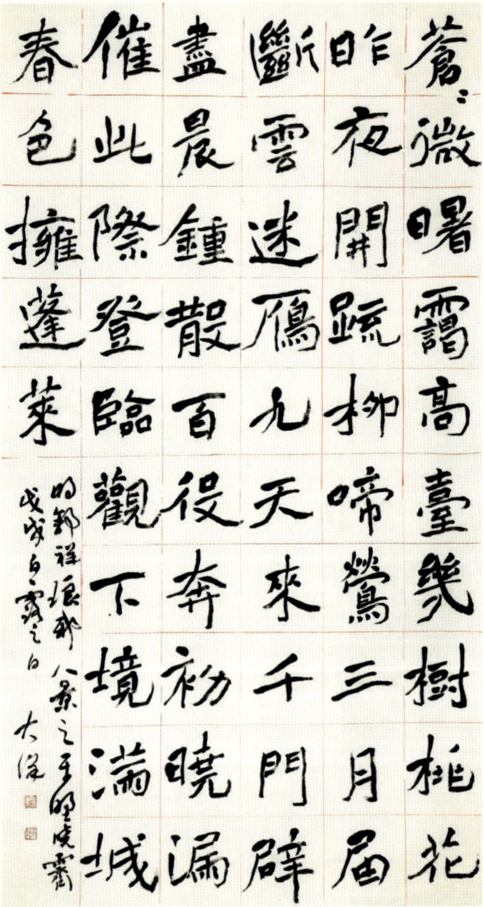

◀ 袁大洋 书法

苍苍微曙霭高台，几树桃花昨夜开。
疏柳啼莺三月届，断云迷雁九天来。
千门辟尽晨钟散，百役奔初晓漏催。
此际登临观下境，满城春色拥蓬莱。

——明代舒祥《琅邪八景》之《平野晓霁》

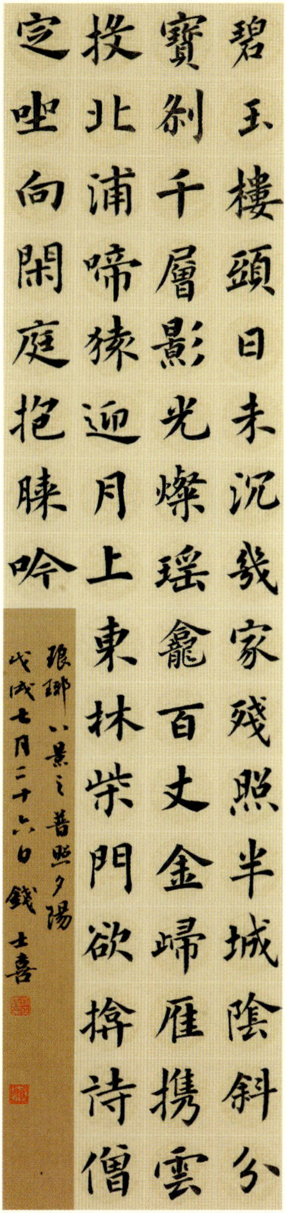

钱士喜 书法 ▶

碧玉楼头日未沉，几家残照半城阴。
斜分宝刹千层影，光灿瑶龛百丈金。
归雁携云投北浦，啼猿迎月上东林。
柴门欲掩诗僧定，坐向闲庭抱膝吟。

——明代舒祥《琅邪八景》之《普照夕阳》

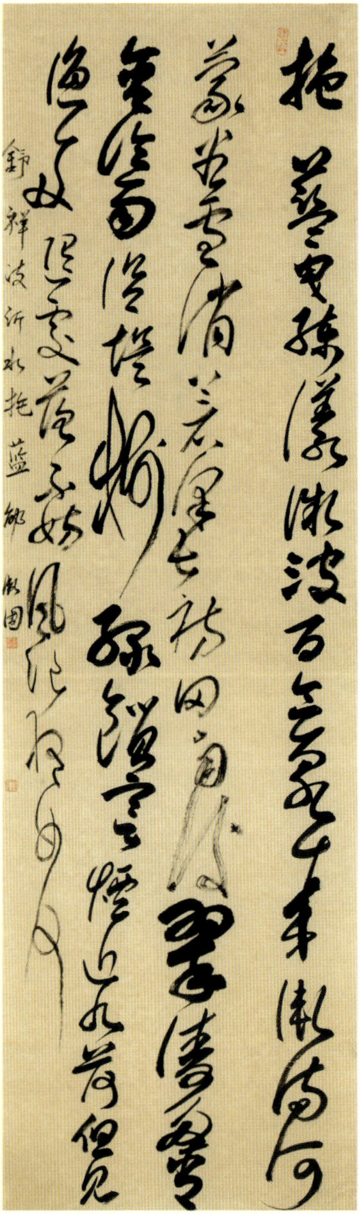

拖蓝曳练漾微波，
百合泉来渐满河。
蒙谷雪消苍泽长，
祊田雨后翠涛多。
青含冷雨沿堤树，
绿锁寒烟近水莎。
但见渔舟随处落，
不妨风浪夜如何。

——明代舒祥《琅邪八景》之《沂水拖蓝》

◀ 邵卫国 书法

一片兰亭水，千年属右军。
至今哀乐性，犹自感斯文。

——清代马世俊

《王逸少》

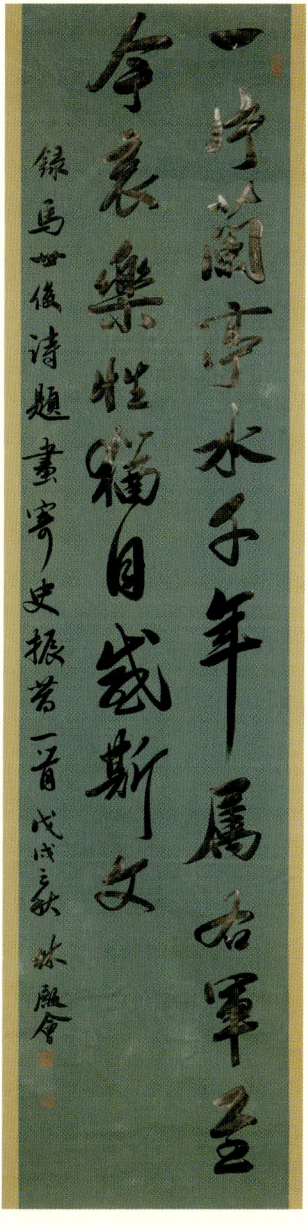

林殿会 书法 ▸

沂州道中　　▲ 马庆荣 书画

▲ 王铭博 书画

拥被愁听长夜雨，探春偶见隔篱花。

——清代赵吉士《过沂州三首（其一）》

白沙平楚浩无垠　　▲ 张建军 书画

风动棠梨树树花　　▲ 杜相海 书画

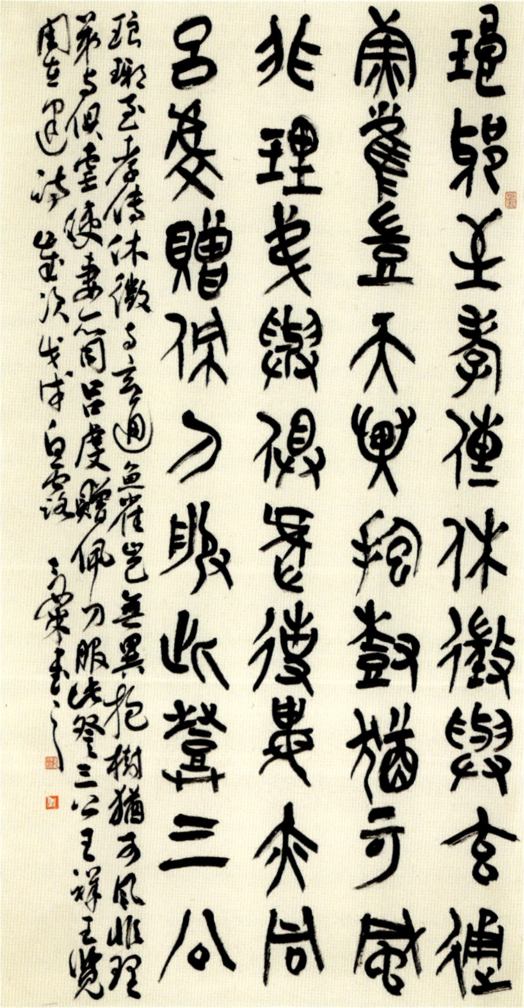

◀ 娄华青 书法

琅邪至孝传，休徵与玄通。鱼雀岂无异，抱树犹可风。
非理弟与俱，虐使妻亦同。吕虔赠佩刀，服此登三公。

——清代周在建《王祥王览》

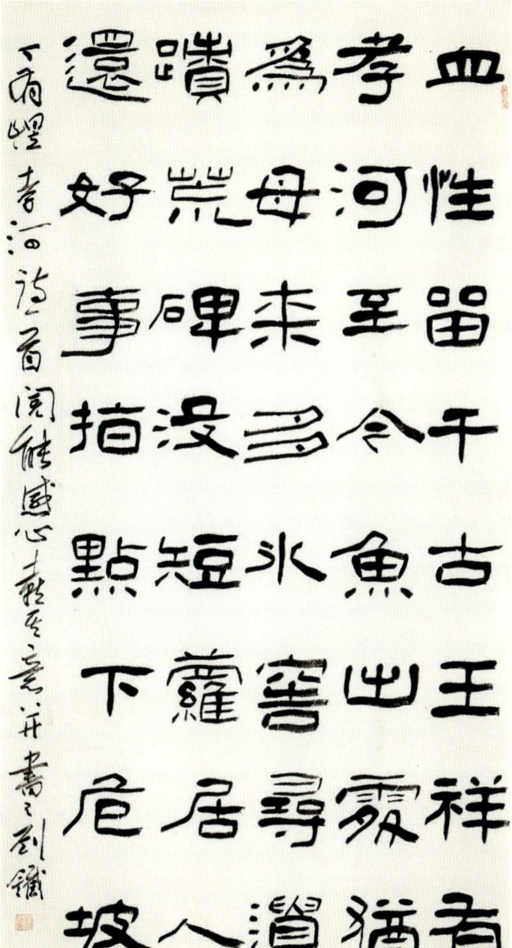

刘铁 书法 ▶

血性留千古，王祥有孝河。至今鱼出处，犹为母来多。
冰窖寻遗迹，荒碑没短萝。居人还好事，指点下危坡。

——清代丁有煜《孝河》

▲ 殷玉琴 书画

偶来桃花源，恍惚入仙境。境净无纤尘，源长有万顷。晚风刮衣寒，清泉漱齿冷。禽鸟声不喧，山容清且静。逍遥忘岁月，我乐兹风景。

——清代黄图珌《游琅琊桃花源》

兰山道中　　▲ 徐庆战 书画

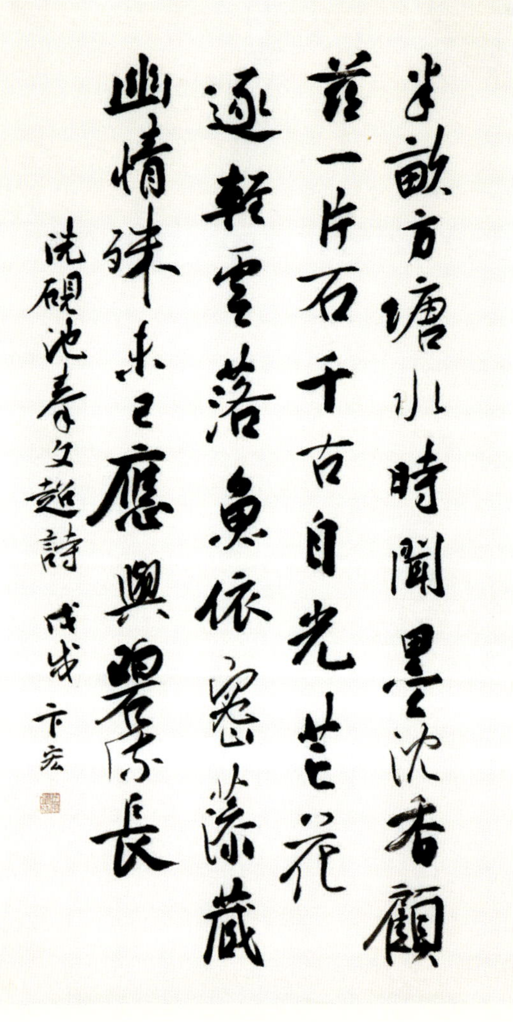

◀ 卞宏 书法

半亩方塘水，时闻墨沈香。顾兹一片石，千古自光芒。花逐轻云落，鱼依密藻藏。幽情殊未已，应与碧流长。

——清代秦文超《洗砚池》

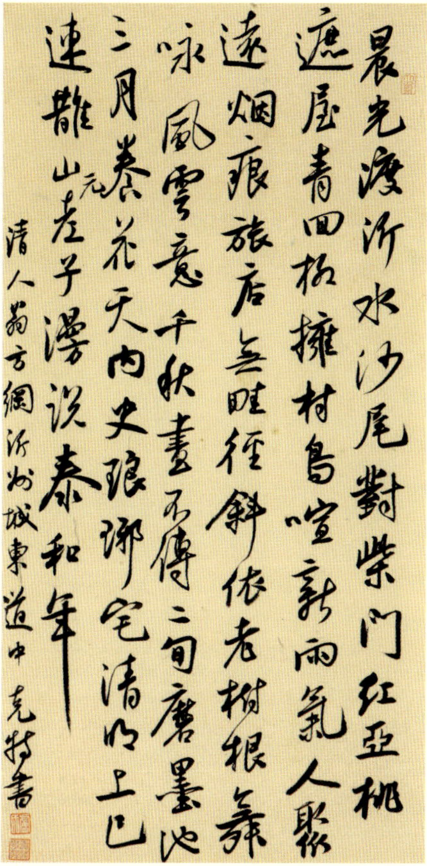

卢克特 书法 ▶

晨光渡沂水，沙尾对柴门。红亚桃遮屋，青回柳拥村。
鸟喧新雨气，人聚远烟痕。旅店无畦径，斜依老树根。

舞咏风雩意，千秋画不传。二旬磨墨地，三月养花天。
内史琅琊（邪）宅，清明上巳连。雎山元老子，漫说泰和年。

——清代翁方纲《沂州城东道中二首》

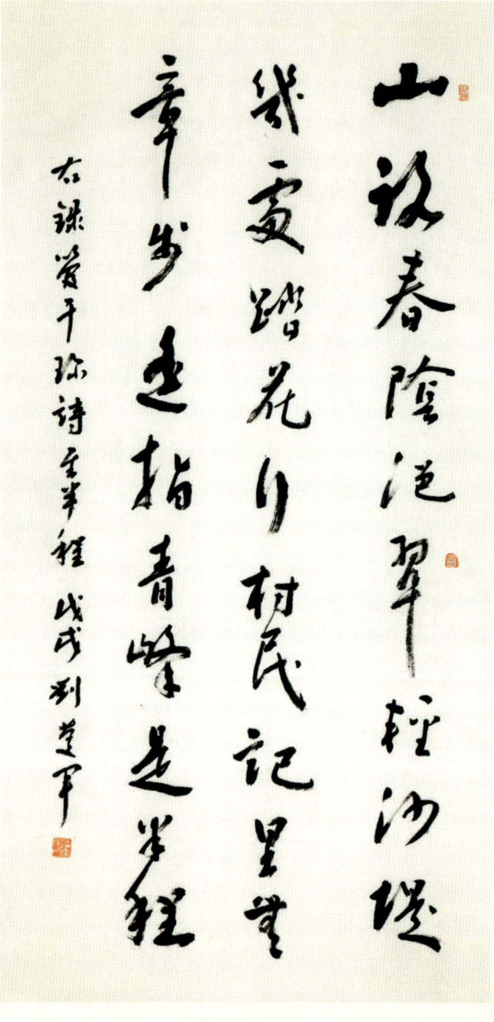

◀ 刘庆军 书法

山路春阴浥翠轻，沙堤几处踏花行。
村民记里无章步，遥指青峰是半程。

——清代管干珍《至半程》

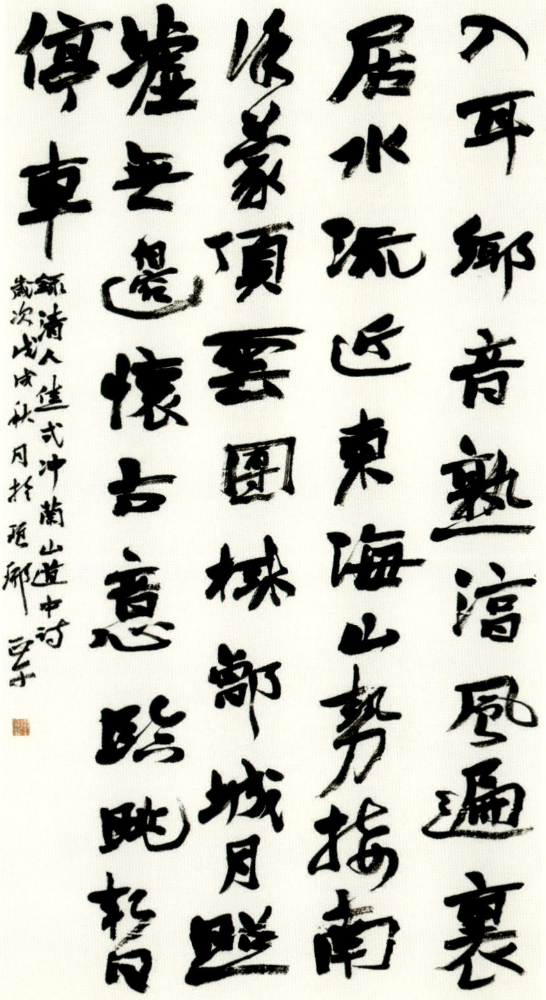

杨正午 书法 ▶

入耳乡音熟，淳风遍里居。水流近东海，山势接南徐。蒙顶云团树，鄫城月照墟。无边怀古意，临眺暂停车。

——清代焦式冲《兰山道中》

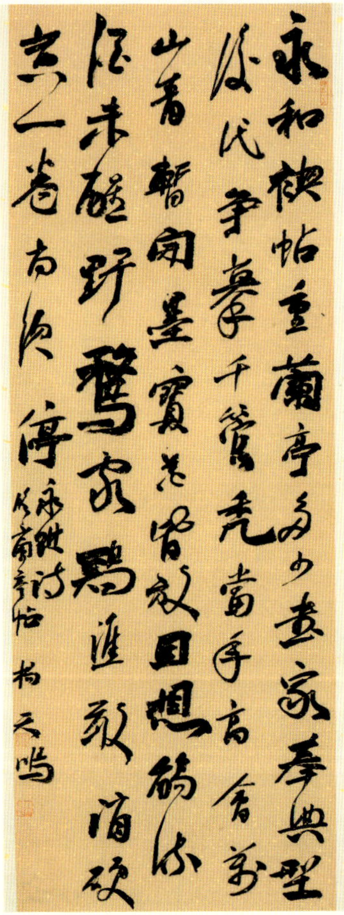

◀ 杨天鸣 书法

永和禊帖重兰亭，多少书家奉典型。
后代争摹千管秃，当年高会万山青。
暂开墨宝花皆放，因想觞流酒未醒。
野鹜家鸡谁敢诮，硬黄一卷尚须停。

——清代爱新觉罗·永琪《临兰亭帖》

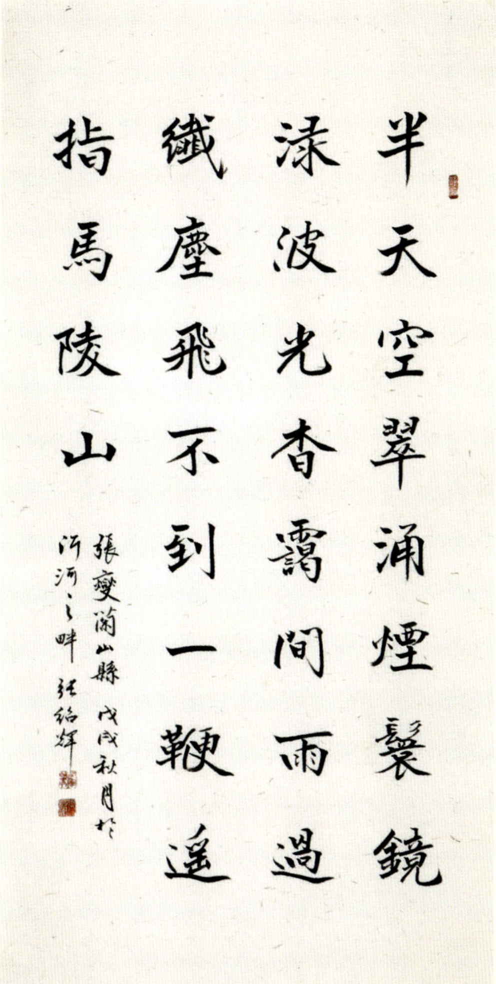

张绍辉 书法 ▶

半天空翠涌烟鬟，镜渌波光杳霭间。
雨过纤尘飞不到，一鞭遥指马陵山。

——清代张燮《兰山县》

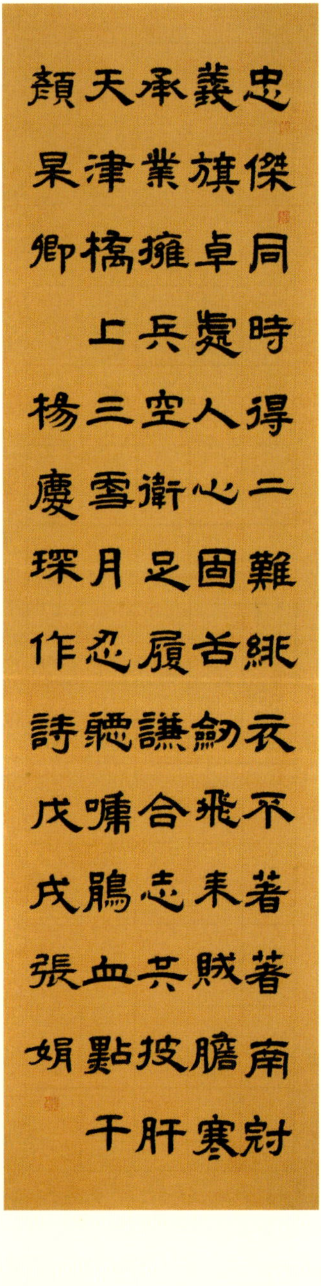

◀ 张娟 书法

忠杰（节）同时得二难，
绯衣不著著南冠。
义旗卓处人心固，
舌剑飞来贼胆寒。
承业拥兵空卫足，
履谦合志共披肝。
天津桥上三更月，
忍听啼鹃血点干。

——清代杨庆琛
《颜杲卿》

冰消沟水尚淙淙，
千古争传孝子风。
气节声名增感慨，
晋朝太保魏三公。

——清代苏宗经
《王祥卧冰处》

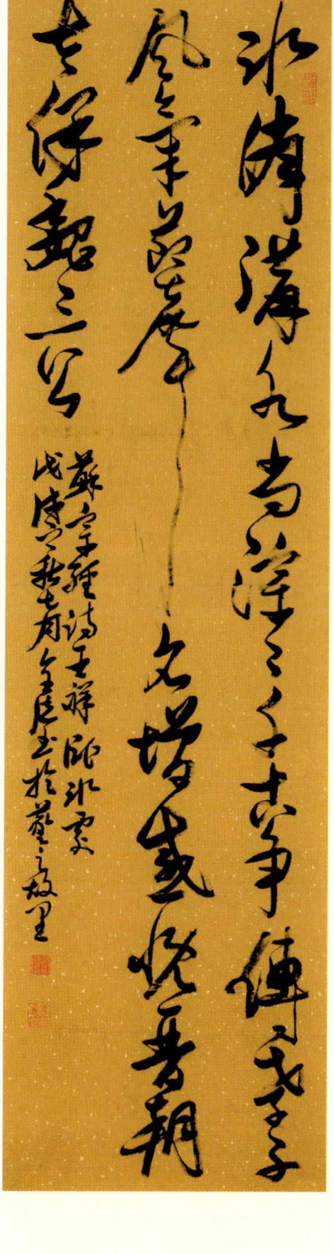

张全法 书法 ▶

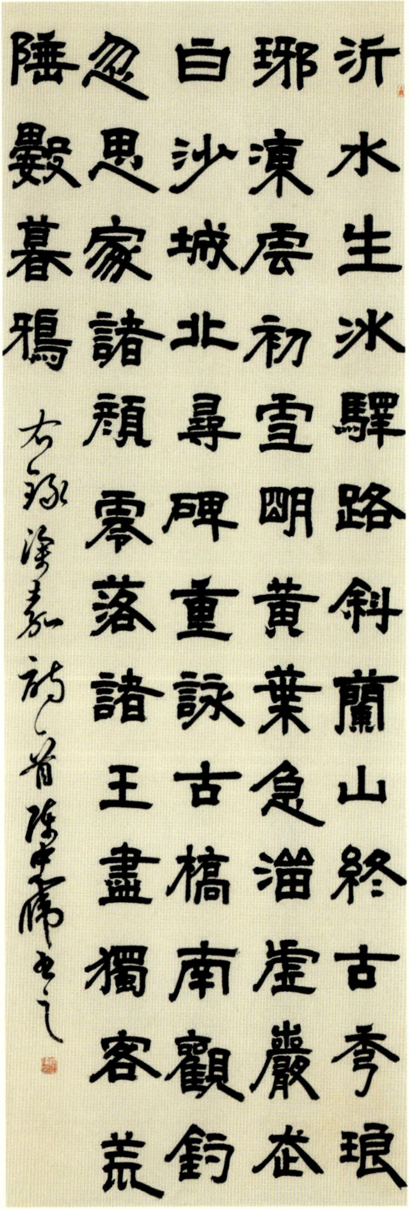

沂水生冰驿路斜，
兰山终古秀琅琊。
冻云初雪明黄叶，
急溜虚岩走白沙。
城北寻碑重咏古，
桥南观钓忽思家。
诸颜零落诸王尽，
独客荒陲(邮)数暮鸦。

——清代徐嘉
《兰山》

陈忠伟 书法

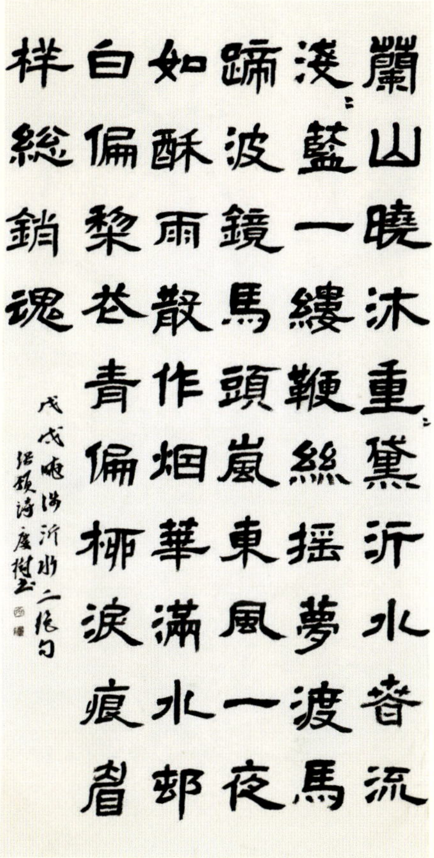

房庆树 书法 ▶

兰山晓沐重重黛，沂水春流浅浅蓝。
一缕鞭丝摇梦渡，马蹄波镜马头岚。

东风一夜如酥雨，散作烟华满水村。
白偏（遍）梨花青偏（遍）柳，泪痕眉样总销魂。

——清代张预《晓涉沂水二绝句》

◀ 胡振久 书法

八年浴血战，丰功著千古。

鲁南多英烈，中华不可辱。

孙膑竹简惊四海，羲之墨宝（光）映长虹。

皆因沂蒙山水秀，文功武略壮征程。

——陈士榘《颂沂蒙二首》

前　言

兰山区位于山东省临沂市东南部，是临沂市行政中心、经济中心、商贸中心、中心城区。兰山区历史底蕴深厚，古称琅琊、沂州等，是书圣王羲之、至孝王祥、大书法家颜真卿、笃圣闵子骞的故里，至今已有 3000 余年的建城史。其文化遗存、历史名人、文物典籍在中国历史上具有重要的地位和影响。进入 20 世纪，兰山区又成为红色文化和沂蒙精神的重要发源地和传承地。从古代的孝悌文化、书圣文化，到今天的红色文化、商贸文化，它们共同构建了兰山区独特的文化体系。

兰山区历史修久，山河壮美，文化灿烂，名人辈出，吸引很多文人墨客在这里留下了灿烂的诗篇。兰山区委宣传部、临沂大学文学院共同成立课题组，从历代歌咏兰山的诗歌中选出精华，编辑这本《诗咏兰山》奉献给亲爱的读者。这 220 余组诗歌，具有如下特点：

一、内容广泛

所收录的诗歌，内容丰富，涉及兰山的自然风光、人文景观、历史名人、文化风情等许多方面。

这里有对古代沂州城自然风光的描写。如周篔的《沂州道中》：

沂岸朝来渡，风声聒耳闻。雪沙浑不辨，天水渺难分。老牸空怀犊，惊鸿久失群。不堪还自寿，一觅浊醪酤。

这是一首叙事写景诗，诗人早上渡沂河时，风紧雪沙大，一片水茫茫。面对这样的环境，诗人倍感失落，觉得自己就像失群的大雁一样。不过，诗人认为即便不能承受自然环境和心境的双重折磨，也要爱惜自己。此诗反映出诗人身处恶劣环境却能自我开释的胸怀。

再如陆棻的《沂河》：

南风摇漾水粼粼，也有撑篙撒网人。毕竟烟波异乡国，白沙平楚浩无垠。

该诗再现了沂河美丽迷人的旖旎风光，揭示了诗人因看到沂河而兴起的故乡之思。

这里有对兰山人文景观的刻画。如成永健的《六一书院即事》：

北城城下曲池阴，结得茆庐惬素襟。世事阅来滋味少，文章老去性情深。寺前野鸟随幽磬，树外寒蛩送暮砧。每与诸生论艺后，登临犹自弄丝音。

该诗向今天的人们再现了古代沂州的文化教育风貌，让人感受到沂州古城浓浓的文化气息。

再如唐梦赉的《王休徵庙》：

假馆主人坐谈笑，谓我雨歇宜登眺。伴城东南绕孝河，河边孝子王祥庙。老槐古柏势参天，青蒲紫芡堪垂钓。当其卧处冬不冰，郁蒸三尺清如烧。门外淋漓雨不收，欲往从之惟清啸。呜呼，临食辍箸重欷歔，汤泉火井定何如。却笑苏秦主父偃，轻将恩怨较亲疏。

该诗揭示了古代沂州人民浓厚的风俗美，向人们展示了兰山孝文化的悠久渊源。

这里有对历史名人的赞美。如曹文埴的《羲之换鹅》：

在昔鹅群帖，初传道德经。传讹沿白句，聚讼说黄庭。谁识情偏爱，何曾笔肯停。遗编存两事，妙墨总千龄。字有飞鸿势，禽如素鹤形。乌丝新界纸，雪羽静梳翎。书罢归云笈，笼来自水汀。至今昙礦客，齿颊颂余馨。

该诗赞颂了王羲之书法的美妙，也再现了王羲之自然洒脱的风采。

这里有对兰山文化风情的咏叹。如侯克中的《题王右军帖》：

右军笔底走雷霆，洒雾挥云肯少停。彩凤不群凌碧汉，白鹅无数换黄庭。森森乔木劳群蚁，落落洪钟谢寸莛。取次墨工休健羡，大鹏元不较蜻蜓。

该诗极力赞美古代兰山人民所创造的文化遗产，展示了古代兰山人民的聪明和智慧。

二、地域性强

这些诗歌，不仅歌咏了古代沂州的总体风光和人文风情，同时歌咏了古代沂州的地域及山水特点。如许承家的《过鹅庄一带》：

眼底风光好，行人兴转长。云霞摇远岫，车马下斜阳。欲访诗书迹，谁为俎豆乡。只今淳朴意，小憩胜康庄。

鹅庄之名，沿用至今。

又如丁有煜的《孝河》：

血性留千古，王祥有孝河。至今鱼出处，犹为母来多。冰窖寻遗迹，荒碑没短萝。居人还好事，指点下危坡。

孝河在兰山人人皆知，极富有兰山特色。

再如爱新觉罗·弘历的《度祊河》：

郑宛归鲁泰山祊，因以名河出大筐。清浚合流波益浩，万松如在水中央。

此河流为兰山所特有，为兰山人所熟知。

这些诗歌中歌咏的人文景观、历史人物，都具有鲜明的兰山印记，因此，这些诗歌具有鲜明的地域性。

三、有很强的资料性

这些诗歌，为我们留下了关于古代兰山文化、政治等方面的宝贵资料。如洪希文的《题王右军墨妙》：

家蓄会稽书，丰度吾所爱。纵意之所如，浩若风卷旆。方其笔在手，神思在笔外。心画根于心，羲也得其最。天门与凤阁，龙虎之所駾。钟张暨羊褚，具体未至大。结发事挥染，披睹心眼快。剡藤玉雪肤，番幅何足怪。旧习老未除，昏花常昧昧。什袭发珍藏，何啻宝越贝。一息苟尚存，此乐容少懈。秦王不格物，蛇蚓笑千载。珍重庾安西，区区题纸背。世无扬子云，太玄则为赘。

这是古人对王羲之书法的高度评价，为我们研究王羲之书法提供了宝贵的资料。

四、有很高的艺术性

本书所选诗歌，不仅具有前述三条特点，而且具有艺术性，是思想性和艺术性高度结合的作品，为我们留下了极强的审美感受。如徐谦的《晓渡沂河》：

日驱黄尘中，忽见清流弥。饮马马心怡，迟迟不忍捶。渡河频回首，山月半斜水。

该诗描述了诗人渡沂河时的感受。诗人运用对比、拟人和烘托的手法来描述沂河之美。诗人首先说自己奔走在黄尘之中，忽然遇见了清澈的沂河水，“忽”字与“弥”字揭示出诗人的满心欢喜。随后，诗人从马的表现着笔，写马喝水时快乐无比，这就使自己不忍心驱赶马了。此处显然使用了拟人和衬托的手法。最后写自己渡过沂河之后，依然恋恋不舍，频繁地回头，但沂河已经笼罩在山月水光之中了。该诗写作手法灵活多样，语言自然活泼，人物心理表现细腻，格调闲适淡雅，是一首耐人寻味的好诗。

再如汤贻汾的《渡沂水》：

宿雨留丛竹，朝晖散远浔。村鸡多上屋，水鸟不贪林。波阔马心悸，沙松人迹深。一年三渡此，搔首动愁吟。

该诗描述了诗人雨后渡沂河时的所见所感。经夜的雨留在竹丛之中，太阳的光辉照耀在远处的水边。附近村庄里的鸡飞到屋顶，水鸟在水面上翱翔。波浪起伏的河水令马儿感到恐惧，松软的沙子上留下了人类深深的足迹。诗人写景由近及远，又从远方拉回到自己身边，所以景物描述富有层次。随后由景及情，想到自己一年之内多次渡过沂河，四处漂泊，身不由己，不由得用手挠头，吟唱出悲苦的诗歌。该诗善于写景，景中有情，情中有景。从风格上看，有的诗句颇似陶渊明的田园诗，反映出诗人对陶诗风格的喜爱和继承。

本书所选录的诗歌作品，包括有文献可征的诗、词、散曲、乐府、民歌、民谣等古典诗体作品以及新体诗。诗歌的排序，大致以作者所处的时代及作者生年为依据。所录诗歌注重采用权威整理本，如《李太白全集》；或通行诗歌总集，如《先秦汉魏晋南北朝诗》《全唐诗》《全唐五代词》《全宋诗》《全宋词》《全辽金诗》《全金诗》《全元诗》《全金元词》《全元散曲》《全明词》《全明散曲》《全清散曲》《全清词》《清代诗文集汇编》等。我们从众多作品中搜集，精选出此编，希望能够给广大读者带来美的熏陶。

目　录

王　祥[1]

海沂[2]之康，实赖王祥。邦国不空，别驾[3]之功。

【注释】

①王祥（185—269）：字休徵，三国魏末西晋初琅琊临沂（今山东临沂）人。事后母孝，母病欲食鱼，天寒地冻，祥解衣卧冰得鲤，被后世列为“二十四孝”之一。汉末大乱，王祥避地庐江，隐居三十余年。徐州刺史吕虔辟为别驾，有治绩。累迁司空、太尉。入晋，拜太保，封睢陵公。琅琊王氏自王祥及其弟王览始为盛门。　②海沂：海边。　③别驾：官名，指州刺史的佐史。因随刺史出巡时另乘专车，故称。

【评析】

本诗为一首乐府诗，原名《徐州歌》，属《杂歌谣辞》。东汉末，徐州刺史吕虔召王祥担任别驾。王祥在任期间勤于职守，吏绩卓著。“率励兵士，频讨破之。州界清静，政化大行。时人歌之曰：‘海沂之康，实赖王祥。邦国不空，别驾之功。’”诗歌以四言句式写成，形式简洁但典雅庄重，表达了百姓对王祥的拥护与爱戴之情。

王右军[①]

李　白[②]

右军本清真[③]，潇洒出风尘[④]。山阴[⑤]过羽客[⑥]，爱此好鹅宾。扫素[⑦]写道经[⑧]，笔精妙入神。书罢笼鹅[⑨]去，何曾别主人。

【注释】

①王右军：即晋朝王羲之。因他曾任右将军，故称“王右军”。　②李白（701—762）：字太白，号青莲居士，唐代浪漫主义诗人，被后世誉为“诗仙”。李白存世诗文千余篇，有《李太白全集》传世。　③本清真：本，原来，本来；清真，纯洁质朴。　④风尘：这里指污浊、纷扰的仕宦生活。　⑤山阴：即今浙江绍兴。　⑥过羽客：过，不期而会；羽客，旧时因道士多求飞升成仙，故称道士为“羽客”或“羽士”。　⑦扫素：指在白绢上飞快地书写。素，白绢。　⑧道经：此处指王羲之所书《黄庭经》。　⑨笼鹅：把鹅装进笼子里。

【评析】

乘着扁舟荡漾于碧波之间，偶遇道士养的一群白鹅煞是喜人，欲购买而不得，只能以墨迹换之。于是，王羲之乘兴一挥而就，笼鹅便走，甚至都没和主人打个招呼。诗歌以通俗易懂、简洁精练的语言将“羲之笼鹅”的典故加以诗话，赞美了王羲之书法的神妙自然和为人的潇洒率真。那是一个被后世推崇备至的魏晋风流时代，那是一个书法艺术大放异彩的时代，那时的人往往外在潇洒而内心悲怆，那时的事不以常论却慰人心灵。

赋颜氏古今一事，得《晋仙传》，送颜逸梁湘东王国常侍颜协著《晋仙传》五篇

皎　然[①]

曾看颜氏传，多记晋时仙[②]。却忆桐君[③]老，俱还桂父[④]年。青春留鬓发，白日向云烟。远别赍[⑤]遗简，囊中有几篇。

【注释】

①皎然（约720—约795）：俗姓谢，字清昼，湖州（今浙江湖州市吴兴区）人，南朝宋诗人谢灵运十世孙，唐代著名诗僧，在文学、佛学、茶学等方面颇有造诣。著有诗歌理论著作《诗式》。　②晋时仙：颜协曾作《晋仙传》五篇。　③桐君：传说为黄帝时代的医师，曾采药于今浙江省桐庐县的东山，结庐于桐树下。　④桂父：传说中的仙人。　⑤赍（jī）：怀抱着。

【评析】

本诗描写了诗人得到颜协所撰《晋仙传》后的感想。即便是医师桐君，也终会年华逝去，生命终究是短暂的。面对一去不复返的时光，诗人从智者的角度，感慨人应该怀有远大抱负，趁着青春好好努力。这首诗因事而发，从具体到抽象，由

表及里，阐发了诗人珍惜时光的情怀。从艺术手法上看，该诗语言平实，内容通俗，由事入情，节奏紧凑，用常见的题材表达出别样的情致。

晋门·王茂弘[①]

周　昙[②]

韩魏[③]荆扬[④]日岂堪[⑤]，胡[⑥]风看欲过江南。中原一片生灵血，谁秉王纲[⑦]色不惭。

【注释】

①王茂弘：即王导，字茂弘，小字赤龙、阿龙，琅琊临沂（今山东临沂）人，东晋政治家、书法家，东晋政权奠基人之一，有“王与马，共天下”的说法。成功化解王敦之乱、苏峻之乱，舌战群臣，稳定东晋局势。有草书《省示帜》《改朔帜》传世。　②周昙：生卒年不详。唐代诗人。唐末曾任国子监直讲。著有《咏史诗》八卷。　③韩魏：指春秋时晋国的韩氏、魏氏两家大臣，后共同分晋立国而为诸侯，成为中原地区的诸侯国，皆为“战国七雄”之一。　④荆扬：指荆州和扬州。荆州位于今湖北省，扬州位于今江苏省。西晋永嘉之乱后，中原士族衣冠南渡，荆州、扬州遂成为两大重镇。　⑤岂堪：怎能忍受得了。　⑥胡：指北方游牧民族。西晋灭亡后，匈奴、鲜卑、羯、氐、羌五个游牧民族入据中原，相继建国。

⑦王纲：天子的纲纪。

【评析】

西晋末年，北方游牧民族混战不休，相继在中原建国，百姓流离失所，白骨蔽野。317年，司马睿在建康称帝，建立东晋。该诗呈现的便是这样的时代背景：新建的东晋政权在南方尚未站稳脚跟，同时又面临着北方游牧民族的军事压力，“看欲”二字凸显了形势的紧张和急迫。在这样危急的情势下，王导力挽狂澜，辅佐晋元帝开发江南经济，收服南方士族，使百姓归心，始有中兴之局面。周昙是晚唐创作咏史诗数量较多的诗人，他的创作动机如其《吟叙》中所云“历代兴亡亿万心，圣人观古贵知今”，即通过对历史的追寻与比照，找寻挽救唐末颓势的良方。诗歌语言通俗易懂，不足之处在于单纯述史、评史，个人情感表达不足。

颜鲁公太师[①]二首

石　介[②]

其一

唐家[③]六世[④]树威恩，外建藩翰[⑤]御不宾[⑥]。二十三州同陷贼[⑦]，平原[⑧]犹有一忠臣[⑨]。

其二

圣贤道在惟颜子，忠烈名存独杲卿[⑩]。甘向贼庭守节死，不羞吾祖与吾兄。

【注释】

①颜鲁公太师：指颜真卿。颜真卿曾任太子太师，封鲁郡公。 ②石介（1005—1045）：字守道，兖州奉符（今山东泰安）人，北宋理学先驱。宋仁宗天圣八年（1030）进士，曾任国子监直讲。曾创建泰山书院、徂徕书院，开宋明理学之先声。因曾隐居徂徕山，世称徂徕先生。著有《徂徕集》等。 ③唐家：代指唐朝。 ④六世：从唐高祖李渊到唐玄宗李隆基。 ⑤藩翰：藩镇。 ⑥不宾：不臣服者。 ⑦二十三州同陷贼：唐玄宗时安禄山叛变，占领23个州。比喻形势严峻。 ⑧平原：德州平原。 ⑨忠臣：指颜真卿。 ⑩杲卿：颜杲卿，颜真卿的从兄，在与安禄山作战时被杀害，时年65岁。

【评析】

诗人在诗中描写了对以颜真卿、颜杲卿为代表的琅琊颜氏一门忠贞爱国的敬佩之情。诗人先描写唐玄宗时的总体社会环境，后写安禄山叛变时河北的凶险情势，为后文写颜真卿、颜杲卿等人的忠贞做了铺垫。卒章显志，指出颜真卿、颜杲卿等人之所以不畏生死、与叛逆对抗不惜牺牲生命，是因为颜家有着良好的家风传承。就艺术手法而言，该诗以叙事为主，通篇不见抒情，却将诗人对颜真卿、颜杲卿等人的敬佩之情表达得非常到位，体现了诗人高超的诗歌创作能力及不事雕琢的诗歌创作风格。

读王衍[①]传

苏 轼[②]

文非经国[③]武非英，终日虚谈取盛名。至竟[④]开门延[⑤]羯寇[⑥]，始知清论误苍生。

【注释】

①王衍（256—311）：字夷甫，琅琊临沂（今山东临沂）人，西晋著名清谈家。曾任中书令、尚书令、司徒、司空、太尉等职。王衍位高权重，却清谈误国，为时人所鄙夷。 ②苏轼（1037—1101）：字子瞻，号东坡居士，世称苏东坡、苏仙，眉州眉山（今四川眉山）人，北宋文学家。宋仁宗嘉祐二年（1057）进士，曾在杭州、密州、徐州、湖州、黄州等地任职。有《东坡七集》《东坡志林》《东坡乐府》等传世。 ③经国：治理国家。 ④至竟：直到最终。 ⑤延：引。 ⑥羯寇：羯，中国古代北方的民族名，晋时，羯人石勒建立后赵政权；寇，侵略者、敌人。

【评析】

诗歌开篇指出王衍文不能经国治世，武不能抵御外族，着实是对这位魏晋名士的全盘否定。进而指出以王衍为代表的士子清谈成风，不关心国事，无是非之心，导致西晋社会动荡、生灵涂炭。直至落入石勒之手，王衍才悔悟自己的清谈误国，但一切已不可挽回。艺术上，该诗选材典型、立场鲜明、文史通融，表现出诗人从人事角度探寻兴亡之因的意图。诗歌风格浑厚雄健，亦不乏悲怆之气。苏轼仕途不顺，屡遭贬谪，尝尽世事辛酸，但他依然关心天下兴亡，于读史观今之余多发感慨议论，借古讽今，使得该诗具有强烈的批判意识，这也是宋代史论诗的一大特色。

题王逸少帖

苏　轼

颠张醉素[1]两秃翁，追逐世好称书工。何曾梦见王与钟[2]，妄自粉饰欺盲聋。有如市娼抹青红[3]，妖歌嫚舞眩儿童。谢家夫人[4]澹丰容，萧然自有林下风[5]。天门荡荡惊跳龙，出林飞鸟一扫空。为君草书续其终，待我他日不匆匆。

【注释】

①颠张醉素：即张旭与怀素。颠张，指唐代书法家张旭，字伯高，排行九，吴县（今江苏苏州）人。《旧唐书》："时有吴郡张旭，亦与知章相善。旭善草书，而好酒，每醉后号呼狂走，索笔挥洒，变化无穷，若有神助，时人号为'张颠'。"醉素，指怀素，唐代名僧，俗姓钱，字藏真，善草书，以狂草出名，继承张旭笔法，与张旭并称"颠张狂素"。　②王与钟：东晋书法家王羲之与三国曹魏书法家钟繇。　③青红：青色和红色，指胭脂粉黛。　④谢家夫人：指左将军王凝之的妻子、才女谢道韫。　⑤林

下风：恬淡自然的风度。《世说新语·贤媛》："谢遏绝重其姊。张玄常称其妹，欲以敌之。有济尼者，并游张、谢二家，人问其优劣，答曰：'王夫人神情散朗，故有林下风气；顾家妇清心玉映，自是闺房之秀。'"

【评析】

本诗表达了诗人对王羲之书法艺术的高度赞赏之情。诗的前三句运用对比手法，批评张旭、怀素书法而肯定羲之书法。在苏轼看来，张、怀二人书法有哗众取宠之弊病，不够随意自然，无法与羲之书法相提并论。在此，诗人用了一个形象的比喻，以突出对二人书法格调的不认同。诗的后三句不同于前三句的反面烘托，而是从正面称赞羲之书法技艺的高超。本应直接赞赏王氏书法，但诗人构思巧妙，宕开笔墨，拈出王凝之之妻、才女谢道韫，以此突出王氏家族的不同凡响。"天门荡荡惊跳龙，出林飞鸟一扫空"句，以新奇比喻称赞王羲之书法卓尔不群，超越众人。诗的最后，诗人引羲之为知音，表示要继承羲之的草书事业。整首诗构思巧妙，比喻新奇。

王　导

李　复[①]

邹人[②]羞比管夷吾[③]，可复中原尽羯胡。郊垒[④]连云困衣食，纵高练布得充无。

【注释】

①李复（1052—?）：字履中，先世家开封（今河南开封），北宋诗人。宋神宗元丰二年（1079）进士。著有《潏水集》四十卷，已佚。 ②邹人：周朝时邹国的人。 ③管夷吾：即管仲，名夷吾，春秋时期法家代表人物，任齐相，助齐桓公称霸。 ④郊垒：指建于郊外的防敌营垒。《礼记·曲礼上》："四郊多垒，此卿大夫之辱也。"

【评析】

诗歌开篇便借吟咏东晋宰相王导之机，大加赞扬管仲的治国才能、攘夷功绩。诗人说周朝时邹国的人羞于与管仲相比，实则是借古讽今，影射宋代当朝者的无能。一个"羞"字满含愤懑、惭愧之情，是诗人对当朝政局时事的有力鞭挞。诗歌后两句说建于郊外的防敌营垒连成一片，影响了正常的供给，幸有王导带领一批朝臣穿练布单衣，节省国库开支，使东晋王朝渡过难关。宋代咏史诗人对管仲多有关注，原因在于宋代处于积贫积弱的境地，人们渴盼出现像管仲一样的治国贤才。诗人以管仲、王导作为情感载体，借诗歌以总结历史经验，寄托情志，抒发政治见解或人生感慨，表达其对世事沧桑的思考。

颜鲁公画像赞

李　纲①

会稽李光守永嘉郡，得鲁郡颜公遗像，绘于郡宇之忠义堂，昭武李某为之赞曰：

英英鲁公，人中之龙。为唐宗臣，见危纳忠。巨盗起燕，朔部[②]风从。独婴孤城[③]，以抗其锋。功虽不终，志实可则。间关[④]造朝，号为耆德。纠缪绳愆[⑤]，毅然正色。奸邪媚之，摈使去国。蹇蹇[⑥]匪躬，险夷一节。迨其耄年，奉使希烈[⑦]。气沮凶逆[⑧]，诚贯金铁。身虽可陨，名不可灭。岩岩高堂，榜曰忠义。非公遗像，其孰当置。登斯堂者，宜仰而畏。师友其人，无公是愧。

【注释】

①李纲（1083—1140）：字伯纪，号梁溪先生，邵武（今福建邵武）人,两宋之际抗金名臣。宋徽宗政和二年（1112）进士。宋孝宗淳熙十六年（1189），特赠陇西郡开国公，谥号忠定。著有《梁溪先生文集》《靖康传信录》《梁溪词》。 ②朔部：指塞北地区。 ③独婴孤城：独自围绕着一座城坚守。 ④间关：道路艰险崎岖，行走困难。 ⑤纠缪绳愆：纠正错误与过失。 ⑥蹇蹇（jiǎn）：刚正不阿的样子。 ⑦希烈：唐德宗时的淮西节度使。 ⑧气沮凶逆：使凶残暴虐之人的气势减弱。

【评析】

本诗重点描述了颜真卿的忠贞爱国之事：先写其抵抗燕地叛军不成，但志气可嘉之事，转而写其在朝廷中敢于直言，刚正不阿，后写其作为使者劝降李希烈，用自己的浩然正气减弱了叛军的气势。诗歌的后半部分对颜真卿的忠贞、刚正不阿之事进行了评述。就艺术手法而言，该诗先叙后议，叙议结合间既展现了颜真卿的高洁品格，也展现了诗人的个人追求。诗歌采用四字句式，句式简单，用词简洁，于凝练的语句中呈现出无限的意蕴，具有较强的可读性。

鹅池

王十朋[①]

鹝鹝[②]能鸣异众禽，池边墨客[③]最知音。世间多是山阴妪[④]，应恐误猜君子心。

【注释】

①王十朋（1112—1171）：字龟龄，号梅溪，乐清（今浙江乐清）人，南宋诗人。宋高宗绍兴二十七年（1157）进士，官秘书郎，累官侍御史，历知饶、湖等州。著有《梅溪集》等。 ②鹝鹝（yì）：鹅鸣声，亦借指鹅。 ③墨客：指诗人、作家等风雅的文人，此指王羲之。 ④山阴妪（yù）：山阴，指山阴县，始设于秦代，得名于南部的会稽山，为会稽郡二十六县之一，今属浙江绍兴；妪，老妇。

【评析】

《晋书·王羲之传》："（王羲之）性爱鹅，会稽有孤居姥养一鹅，善鸣，求市未能得，遂携亲友命驾就观。姥闻羲之将至，烹以待之，羲之叹息弥日。"该诗利用这一典故，写鹅与众不同，为王羲之所喜爱。羲之之所以爱鹅，是因为他从鹅的形态中领会到书法的技巧。而一般世俗之人却无法理解羲之这样的雅士不同流俗的想法，难免会像山阴妪一样做出“烹鹅”的举动。诗人通过平实的议论，惋惜文人雅士曲高和寡、难觅知音。

砚 池

王十朋

凤翥龙蟠[①]字字奇，陶泓汤沐[②]向斯池。波心雨后一鱼跃，犹似当年吞墨时。

【注释】

①凤翥（zhù）龙蟠（pán）：像飞舞的凤凰和盘曲的龙，此处形容王羲之书法笔势雄健飞扬、灵动多姿。 ②陶泓汤沐：指清洗砚台。陶泓，陶制之砚。砚中有下凹蓄水处，故称。汤沐，即沐浴，此处指洗涤。

【评析】

诗人先写王羲之的字像凤凰飞舞、健龙盘桓，笔势雄健激昂、灵动多姿，苦练书法，勤洗砚台。后由雨后墨池鲤鱼跳跃的情景联想到当年王羲之刻苦练习书法的行动。就艺术手法而言，该诗开门见山指出了王羲之书法的特点，然后写景与抒情结合，表达了诗人对王羲之书法的敬仰之情。

右军祠堂

高祖之[①]

一麾东晋守，八体[②]入神书。墨水传遗迹，兰亭表旧居。挂冠[③]高兴逸，坦腹旧床虚。峻岭崇山景，依然想似初。

【注释】

①高祖之：生卒年不详。宋代诗人，鄞县（今浙江宁波）人。 ②八体：指大篆、小篆、刻符、虫书、摹印、署书、殳书、隶书八种书体。 ③挂冠：辞官。

【评析】

诗歌描述了诗人参观右军祠堂时的感受。这首简单的诗，几乎囊括了王羲之一生中有名的典故。就艺术手法而言，该诗叙议结合，用典故的形式展现了诗人对王羲之的敬佩之情，同时营造了一种深邈的诗歌意境。

孙　膑

徐　钧[①]

百年家学妙兵机，知彼犹怜己未知。绝爱[②]奇功成砍树，何缘卫足不如葵[③]。

【注释】

①徐钧：生卒年不详。字秉国，号见心，兰溪（今浙江兰溪）人，南宋学者。与金履祥友善，祥尝延以教授诸子。精史学，曾据《资治通鉴》所记史实作咏史诗一千五百三十首。今存《史咏集》二卷，五代部分已佚。 ②绝爱：很爱。 ③卫足不如葵：典出《左传·成公十七年》：“仲尼曰：‘鲍庄子之知不如葵，葵犹能卫其足。’”指保护自己不如葵，葵尚且能保护自己的茎根。

【评析】

孙膑是中国古代著名的军事家，在被庞涓陷害挖掉膝盖骨之后，凭借极坚韧的精神力量和绝妙的军事才能，帮助齐国建立了霸业，该诗内容正是夸赞他的军事成就。就艺术手法而言，该诗以议论为主，平铺直叙的语言与典故结合，直白地表达了诗人对孙膑兵法才能的仰慕之情。

王　祥

徐　钧

卧冰得鲤供亲养，至孝诚能上格天①。每信天人常吻合，应知空谷响声传。

【注释】

①格天：感动上天。

【评析】

诗人赞扬了王祥卧冰求鲤的故事，并因此感慨至孝之人必能感动上苍，获得上苍的眷顾。就艺术手法而言，该诗叙议结合，在开门见山描写王祥的至孝故事之后，转而抒发人在做天在看的感慨，深化了诗歌主旨。

王 戎

徐 钧

清虚外托内营财，手运牙筹亦富哉。不料晋朝名位上，士风如是亦堪哀①。

【注释】

①堪哀：徒增哀叹。

【评析】

诗歌前两句运用对比手法，揭示了王戎外托清谈玄远之名，实则是爱财自私的伪君子，“手运牙筹”句将这一形象刻画得入木三分，也暗含着诗人对王戎的鄙夷之情。紧接着，诗人发表感想：王戎作为魏晋名士的代表亦如此不堪，推而想之，当时的士风该是到了何种让人哀叹的境地呢？全诗语言平实，用典巧妙，夹叙夹议，借史抒情，发人深思。

颜杲卿

徐　钧

一曲霓裳失太平，渔阳鼙鼓[1]暗风尘。君王只识杨丞相[2]，不识平原老守臣[3]。

【注释】

①渔阳鼙（pí）鼓：指安禄山于755年在渔阳起兵叛唐之事。鼙鼓，战鼓。　②杨丞相：即杨国忠，唐玄宗时的宰相。③平原老守臣：指颜真卿。

【评析】

该诗用寥寥28个字，将唐玄宗时安史之乱发生的原因及唐玄宗不善待忠臣的事进行了描述。诗歌先写唐玄宗宠爱杨贵妃是造成天下混乱的主要原因，接着写安史之乱为社会带来了灾难。然而唐玄宗并没有善待那些抗击叛逆的忠臣，而只知奸相杨国忠。诗人在简单的叙事中，暗含着对唐玄宗的失望之情，以及对以颜真卿为代表的忠贞之臣的敬佩之情。就艺术手法而言，该诗平铺直叙，重在对史实的描写。诗人虽未直接抒情，但字里行间隐含着其浓厚的情感。

题王献之保母志（其一）

王英孙[1]

祥云五色出孱颜[2]，名重黄阁九里山。中令[3]几多传世帖，幽镌[4]岂愿落人间。

【注释】

①王英孙（1238—1312）：字才翁，一作子才，号修竹，会稽（今浙江绍兴）人，宋末元初画家，善绘墨竹兰蕙。著有《修竹集》，已佚。 ②孱颜：参差不齐、斑驳陆离的样子。 ③中令：中书令的简称。这里指王献之。 ④幽镌（juān）：犹幽篆，墓志铭。宋秦观《陈承事挽词》：“八尺衣冠成绘事，百年风谊列幽镌。”

【评析】

此诗赞美王献之的《保母帖》。诗歌以夸张的手法首先展示了王献之帖的发现，即祥云缭绕，出土后名重于黄阁九里山。然后赞叹这种墓志铭般的神奇之物，怎么愿意落回到人间呢？诗人用夸张和疑问的方式，表达了对王献之字帖的赞美之情。

题王右军帖

侯克中[1]

右军笔底走雷霆，洒雾挥云肯少停。彩凤不群凌碧汉，白鹅无数换黄庭。森森乔木劳群蚁，落落洪钟谢[②]寸莛[③]。取次[④]墨工休健羡，大鹏元[⑤]不较[⑥]蜻蜓。

【注释】

①侯克中（1225—1315，一说 1235—1325）：字正卿，号艮斋，直隶真定（今河北正定）人，元代戏曲作家。著有《艮斋诗集》。又撰有杂剧《关盼盼春风燕子楼》，惜已佚。②谢：推辞。 ③寸莛：一寸长的草茎。莛，草本植物的茎。④取次：随便，任意。 ⑤元：原本。 ⑥较：比较。

【评析】

此诗描写王羲之书法的气势。诗人由王羲之的字联想到王羲之书写时的气势犹如雷霆万钧，其奔放的手法如同挥云洒雾。随后说王羲之的书法如同彩凤飞翔于高空一般，是任何鸟类也超越不了的。但是，他可以用书法换取那些不值钱的鹅。诗人显然是在告诉我们，王羲之的书法是个人自由洒脱精神的象征，是个性随意、毫无拘束的体现。紧接着，诗人用两个比喻即森林之于蚂蚁、洪钟之于草茎，来说明王羲之书法的不同凡响。最后，诗人指出那些随随便便写的诗不值得羡慕，因为大鹏鸟不是为和蜻蜓作比较而存在的。该诗运用夸张、衬托和比喻手法，非常形象地揭示了王羲之书法的魅力所在。

题王羲之观鹅图

钱　选①

修竹林间爽致②多，闲亭坦腹③意如何。为书道德④遗方士，留得风流一爱鹅。

【注释】

①钱选（约1239—约1300）：字舜举，号玉潭、霅川翁、习懒翁等，湖州（今浙江湖州吴兴区）人。南宋景定年间乡贡进士，入元不仕。工诗，善书画，人品及画品皆称誉当时。　②爽致：畅快率真的情趣。　③坦腹：南朝宋刘义庆《世说新语·雅量》："郗太傅在京口，遣门生与王丞相书，求女婿。丞相语郗信：'君往东厢，任意选之。'门生归白郗曰：'王家诸郎亦皆可嘉，闻来觅婿，咸自矜持，唯有一郎在东床上坦腹卧，如不闻。'郗公云：'正此好！'访之，乃是逸少，因嫁女与焉。"后称人婿为"令坦"或"东床"。　④道德：指王羲之所书《黄庭经》。

【评析】

此诗写诗人观王羲之观鹅图时的感受。诗人由王羲之观鹅图联想到王羲之于竹林之间清谈聚会时洒脱自然的情趣，同时又联想到他坦腹东床时的自然和率真。随后，诗人用王羲之抄写《黄庭经》换鹅的典故，再次展现了王羲之顺应自然、洒脱而毫无拘束的个性。全诗通过想象的手法揭示了王羲之的风神仪表，字里行间流露出诗人对王羲之的尊崇和对王羲之生活态度的向往。

过清凉寺[①]王参预[②]墓下

戴表元[③]

江左[④]风流廊庙[⑤]人，荒坟抛与梵宫[⑥]邻。多年羊虎犹眠石，败壁貂蝉只贮尘。万古云山同白骨，一庭花木自青春。永思陵[⑦]下犹凄切，废屋酸风吹野薪。

【注释】

①清凉寺：全国有多处，此处指南京清凉寺。 ②王参预：即王导。 ③戴表元（1244—1310），字帅初，一字曾伯，号剡源，奉化（今浙江宁波奉化区）人，宋末元初文学家。著有《剡源集》。 ④江左：地理名词，指长江下游南岸地区。江左又名江东，古人在地理上以东为左，以西为右。魏晋时期，江左是以金陵（今南京）为首都的六朝时代的政治与经济中心。 ⑤廊庙：古代君主与大臣议政之所，后代指朝廷。⑥梵宫：此指清凉寺。 ⑦永思陵：南宋高宗赵构的陵墓。

【评析】

诗人途经王导墓，映入眼帘的尽是颓败之景：荒坟被弃于佛寺之旁，时日一久，坟旁的石头成了羊虎的睡榻，破败墙壁上的貂蝉画像积满灰尘。诗人不禁感慨万分，莫要说永垂不朽了，能与白骨同在的也只有白云青山罢了，还有那经年焕发生机的一树花木。就艺术手法而言，诗歌咏史精巧隐僻，对偶亲切，有蕴藉，堪吟咏；写景与抒情融为一体，清峭感怆，峻切明畅，有魏晋遗风。

题保母帖

仇　远[①]

李氏墓下二尺砖，蛟螭[②]矫矫[③]星斗悬，埋没黄土将千年。鱼灯[④]青荧[⑤]照墓草，何人穿中[⑥]得此宝，神物护持完且好。沙填苔渍余十行，笔力遒媚[⑦]纸墨香，曲水古砚昭其旁。世人千金求墨迹，眼前至宝同瓦砾，子能赏之乃真识。大字无过瘞鹤铭[⑧]，小字亦有换鹅经[⑨]。君看行书有如此，从今不独夸兰亭。

【注释】

①仇远（1247—1326）：字仁近，一字仁父，钱塘（今浙江杭州）人，元代文学家。因居余杭溪上之仇山，自号近村、山村民，人称山村先生。元大德年间曾任溧阳教授，不久罢归，遂在忧郁中游山河以终。　②蛟螭（chī）：蛟龙。这里用来比喻《保母帖》。　③矫矫：形容超凡脱俗、不同凡响。　④鱼灯：即鱼烛。　⑤青荧：青光闪耀。　⑥穿中：打穿墓穴，进入其中。　⑦遒媚：苍劲有力而妩媚动人。　⑧瘞（yì）鹤铭：著名的摩崖刻石。　⑨换鹅经：王羲之的小楷，又名《黄庭经》。

【评析】

此诗赞美王献之《保母帖》的精美。诗歌首先叙述了该帖出土前的情景，并用蛟龙作比，揭示出《保母帖》的神奇非凡。其次写该帖出土后的情况，揭示了字帖保存完好，如有神助一般。随后写字帖本身卓越非凡的艺术水平。最后，将其与《瘗鹤铭》《黄庭经》《兰亭序》相提并论，从而衬托出王献之书法作品的精美。诗歌想象丰富，善用夸张、比喻、衬托等修辞手法，不失为一首描写书法作品的好诗。

题王献之保母志

邓文原[①]

鸟迹[②]不复见，字体益以繁。变化各有极，何由使返淳。右军天机[③]精[④]，笔端走风云[⑤]。万世有能事，仰之道弥尊。后来独超诣，乃有中令君。惜哉贞观厄[⑥]，真迹无复存。此碑出千年，笔法凛[⑦]如新。至宝不沦没，终为绝世珍。晴窗有真赏，妙理可忘言。流弊今若此，谁能决其源。

【注释】

①邓文原（1258—1328）：字善之，一字匪石，人称素履先生，绵州（今四川绵阳）人（其父早年迁寓浙江杭州，或称杭州人），元代诗人。著有《巴西文集》《内制集》《素履斋稿》等。 ②鸟迹：即鸟篆，篆书的一种。 ③天机：天赋的灵性。 ④精：物质中最纯粹的部分。 ⑤笔端走风云：形容笔法神妙莫测。 ⑥贞观厄：指唐太宗收罗王羲之等人的书法精品并带入坟墓之事。 ⑦凛：凛然严正而有威严的气势。

【评析】

此诗赞美王献之书法作品的精美。诗人从书法史的角度着笔，认为王献之与前代书法家一样有着自己的书法特色，他们的书法作品都是书法史上的精品。然后盛赞王羲之书法精美绝伦，巧妙入神，而王献之书法则可与其父比肩甚或超越其父。接着用太宗皇帝对王羲之书法真迹的喜爱反向衬托王献之书法的旷世绝伦。总之，诗歌从书史的角度入手，使用衬托等修辞手法来盛赞王献之书法之精妙，既有学术味，又有文学味。

王　戎[1]

宋　无[2]

与楷[3]齐名孰可伦，牙筹[4]微污阿戎真。竹林[5]只好游嵇阮，笑看曾钻李核[6]人。

【注释】

①王戎（234—305）：字濬冲，琅琊临沂（今山东临沂）人，三国至西晋时期名士、大臣，“竹林七贤”之一。惠帝时，累官尚书令、司徒。　②宋无（1260—1340）：字子虚，平江（今江苏苏州）人，元代诗人。善墨梅，有《墨梅寄因上人》诗二首。著有《翠寒集》。　③楷：此应指裴楷，字叔则，西晋时期大臣、名士，善谈《老子》《易经》，精通理义，为时人所重。《晋书·裴楷传》：“吏部郎缺，文帝问其人于钟会。会曰：‘裴

楷清通，王戎简要，皆其选也。’” ④牙筹：指用象牙或骨、角制作的计数算筹。《晋书·王戎传》：“（戎）性好兴利……每自执牙筹，昼夜算计，恒若不足。” ⑤竹林：王戎是“竹林七贤”之一，早年曾与嵇康、阮籍、阮咸、山涛、向秀等聚会于山阳竹林之中。 ⑥李核：典出《晋书·王戎传》：“家有好李，常出货之，恐人得种，恒钻其核。以此获讥于世。”

【评析】

裴楷和王戎均出身于门阀士族，善于清谈，长于论理，年纪轻轻便已名动于世。如果说在时人眼中的裴楷是“玉人”，那么在诗人眼中的王戎则是略带微瑕之玉，他的贪财无度恰恰是他率真天性的反映。王戎是“竹林七贤”中年龄最小的成员，有人说他也是其中最庸俗的一位，他的谈玄论理、超然洒脱都是假象，实则性极贪吝，功名心盛。东晋戴逵曾说：“王戎晦默于危乱之际，获免忧祸，既明且哲，于是在矣。”此说与诗人的观点不谋而合，故而诗人“笑看”那个钻李核的王戎，如同在看一个淘气的孩子，认为王戎的贪财无度不过是明哲保身的无奈之举罢了。诗歌语言平直自然，不事雕琢，重质不重文；节奏张弛有度，以史辅诗，生动有趣。

书兰亭后

虞　集①

墨池春雨水泠泠，消得②鹅群舞雪翎③。千载临文嗟悼④

尽，摩挲[5]病目看兰亭。

【注释】

①虞集（1272—1348）：字伯生，号邵庵、道园，世称邵庵先生，元代著名学者、诗人。著有《道园学古录》《道园遗稿》等。 ②消得：值得。 ③雪翎：雪白的羽毛。 ④嗟悼：哀伤感叹。 ⑤摩挲：轻轻地抚摸。

【评析】

该诗描述诗人观赏、临摹《兰亭序》的情景。诗人想象王羲之写字的环境是那样清新幽静：墨池，春雨，伴随着潺潺的水声，不时有鹅群舞动雪白的翅膀。想象至此，诗人无限感慨自己只能在临摹完后，抚摸着病目观赏《兰亭序》而已。诗人擅长写景抒怀，笔下的景物清新幽静，灵动活泼，映衬出王羲之高远的情怀。同时，诗人在写景中不忘抒发个人情绪，表达自己的闲适与无奈之情。

羲之观鹅

虞　集

剡溪[1]春雨晓生波，道士扁舟肯见过。换取黄庭[2]归别馆[3]，人间长忆凤文罗[4]。

【注释】

①剡（shàn）溪：水名，曹娥江上游的一段，在浙江。②黄庭：指晋王羲之书写的《黄庭经》。 ③别馆：指招待宾客的住所。 ④凤文罗：一种叫作凤文的丝织品。这里指王羲之书写的作品。

【评析】

此诗描述了王羲之观鹅时的情景以及王羲之闲适淡雅的情怀。诗人把这种情景设置在春雨后剡溪微波荡漾的背景之下，显得意趣盎然。此时，道士乘舟而来的景象则显得清幽闲适。在这样的背景下，王羲之观鹅并抄写《黄庭经》以换鹅，更显得洒脱随意，不加造作。而这种不加雕饰的淡雅情怀，正是《黄庭经》诞生的心境基础，所以才令世人追忆不已。也就是说，《黄庭经》的诞生，不仅有王羲之书法技巧的因素，也有其心境的因素。该诗语言平实，情景交融，意趣盎然。

题王右军墨妙

洪希文①

家蓄会稽②书，丰度吾所爱。纵意之所如，浩若风卷旆③。方其笔在手，神思在笔外。心画④根于心，羲也得其最。天门⑤与凤阁⑥，龙虎之所駾⑦。钟张⑧暨羊褚⑨，具体⑩未至大。结发⑪事挥染，披睹⑫心眼快。剡藤⑬玉雪肤，番幅⑭何足怪。

旧习老未除，昏花常昧昧[15]。什袭[16]发珍藏，何啻宝越贝。一息苟尚存，此乐容少懈。秦王[17]不格物，蛇蚓笑千载。珍重庾安西[18]，区区题纸背。世无扬子云，太玄则为赘。

【注释】

①洪希文（1282—1366）：字汝质，号去华山人，元代诗人。洪希文的诗风清遒激壮。著有《续轩渠集》十卷。 ②会稽：郡名，在今江苏省东部和浙江省西部。这里代指王羲之。 ③斾（pèi）：古时旌旗末端形状像燕尾的飘带。此处代指旌旗。 ④心画：指书面文字。 ⑤天门：天宫之门。屈原《九歌·大司命》："广开兮天门，纷吾乘兮玄云。" ⑥凤阁：指宫内的楼阁。 ⑦駾（tuì）：受惊奔窜。 ⑧钟张：钟繇和张旭。 ⑨羊褚：羊欣和褚遂良。 ⑩具体：具备其一体，即具备其某一个方面。 ⑪结发：束发，古代男子20岁束发而冠，女子15岁束发而笄，表示成年。 ⑫披睹：翻阅图书。 ⑬剡藤：浙江传统名纸。越中多以古藤制纸，故名藤纸，亦称剡纸。 ⑭番幅：应是产于边地的纸。 ⑮昧昧：模糊不清。 ⑯什袭：一层又一层地包裹。 ⑰秦王：指李世民。 ⑱庾安西：指晋代征西将军庾翼，精通文墨，亦善书法，家中藏有书圣王羲之的书帖。他曾在王羲之书帖纸背题字若干，隐然有挟技自负之意。但他的儿辈偏偏不以他的书帖为法，而独独喜欢王羲之的书风。于是，他在信中不无遗憾地告知友人："小儿辈厌家鸡，爱野雉，皆学逸少书。"

【评析】

此诗表达了诗人对王羲之书法的赞美。诗歌内容分三部分。第一部分写王羲之书法的精美绝妙。诗人认为，王羲之书法随意挥洒，功力深厚，既有内在的规矩存在于心中，又有不拘一格的洒脱豪放蕴含其内。其豪放，就如同龙虎随意奔跑在天空之中一般。随后，诗人将其他书家与之对比，从而衬托出王羲之书法的超凡脱俗。第二部分写诗人珍重王羲之书法，学习王羲之书法从不懈怠。第三部分，诗人再次用唐太宗、庾安西对王羲之书法的不同态度以及扬雄《太玄》的文采高超衬托王羲之书法的精美。该诗擅长描写，喜用夸张，多用典故，耐人寻味。

王右军屏风帖宣和所收

许有壬①

鼠须②茧纸③久消磨，谁信王书世不多。片楮④多应有神护，永和⑤流播到宣和⑥。

【注释】

①许有壬（1287—1364）：字可用，彰德汤阴（今河南汤阴）人，元代文学家。元延祐二年（1315）进士，前后历官七朝，官至集贤殿大学士。 ②鼠须：指用鼠须制作的一种名笔。 ③茧纸：用蚕茧做成的纸。 ④片楮（chǔ）：片纸。⑤永和：东晋穆帝司马聃的第一个年号（345—356）。王羲之在永和九年（353）写成流传千古的《兰亭序》。 ⑥宣和：

宋徽宗的第六个年号（1119—1125）。

【评析】

该诗赞扬了宣和年间所收王羲之《屏风帖》的精美。诗歌用“神护”赞美王羲之字帖流传之久，同时用从永和到宣和这一时间跨度之大再次证明这一观点。该诗善于使用夸张手法和时间概念赞美王羲之字帖，是一首语言简洁凝练的优秀诗歌。

王祥碑

李齐贤①

有扁路傍石，上有王祥字。卧冰得泉鱼，馈②母此其地。嗟我事宦游，连年负慈侍③。区区④望云心，甘旨⑤远难致。何尝报翦鬒，仅足同啮臂⑥。载⑦读孝子碑，茫然抆⑧清泪。

【注释】

①李齐贤（1288—1367）：字仲思，号益斋、栎翁，卒谥文忠公，朝鲜半岛古代“三大诗人”之一，高丽时期卓越的诗人、散文家，还是朝鲜半岛古代民歌整理者、翻译家。著有《益斋乱稿》《栎翁稗说》《益斋长短句》等。　②馈：进食奉养。　③慈侍：旧登科甲者对母在父丧之称。　④区区：形容微不足道。　⑤甘旨：指养亲的食物，引申为对双亲的奉养。⑥啮臂：咬臂出血，表示意志坚决。　⑦载：又，再。　⑧

抆：揩拭，擦去。

【评析】

此诗是李齐贤旅居中国时所作。诗人看到王祥碑，读着孝子的故事，触景生情，感慨自己身在异乡，不能尽孝，心情更加酸楚，不禁潸然泪下。诗人身在中国，心在高丽，虽遭小人诬陷被流放，仍对故国怀有无限的眷恋，并以王祥侍母、吴起啮臂的典故入诗，表达自己忠孝不能两全的矛盾心理、政治失意的痛苦心境，抒发自己思乡念亲的情愫。这些名人典故的运用，充分说明了李齐贤创作水平的高超和对中国文化的精通与热爱。

羲之爱鹅

尹廷高①

写经②才毕即笼鹅，人物风流说永和③。寂寞荒池已陈迹，空留夜月浴寒波。

【注释】

①尹廷高：元大德年间在世。字仲明，号六峰，处州遂昌（今浙江丽水）人，元代诗人。元大德年间任处州路儒学教授，又掌教永嘉。著有《玉井樵唱》。 ②经：指《黄庭经》。王羲之性爱鹅，有写经换鹅之说。《晋书·王羲之传》：“又山阴有一道士，养好鹅，羲之往观焉，意甚悦，固求市之。道士

云：‘为写《道德经》，当举群相赠耳。’羲之欣然写毕，笼鹅而归，甚以为乐。其任率如此。”唐李白《送贺宾客归越》：“镜湖流水漾清波，狂客归舟逸兴多。山阴道士如相见，应写黄庭换白鹅。” ③永和：东晋穆帝司马聃的年号。王羲之在永和九年（353）写成流传千古的《兰亭序》。

【评析】

王羲之是东晋名士，有写经换鹅的故事流传后世。王羲之不拘流俗、率性而为，是名士风流的代表。诗人运用写经换鹅的典故，赞扬王羲之举止脱俗，对其充满钦佩之情。但千年以后，诗人到鹅池游赏，再难见往昔风流，只有寂寞的池水倒映着天上的月轮，诗人借此抒发物是人非、世事沧桑的深沉喟叹。

王右军故宅

王　沂[①]

岩光明雪霁，柳意扶春曙。昔人邈难见，山川郁如故。缅怀鸾凤姿，雅量同谢傅[②]。岂无廊庙具，不易丘壑趣。悲凉誓墓辞，肯为一怀祖。断碑苍藓昏，废沼墨云聚。寂寥东林钟[③]，余音送人去。

【注释】

①王沂：元延祐年间在世。字师鲁，一作思鲁，祖籍云

中，徙于真定（今河北正定），元代史学家。元延祐二年（1315）进士。著有《伊滨集》。 ②谢傅：即谢安，东晋时期名士、政治家。 ③东林钟：普照寺内的钟。

【评析】

诗人从描写王羲之故宅的春日景色入手，睹景思人，抒发对王羲之及其书法的敬仰之情。诗人由事入景入情，将王羲之《誓墓文》中的悲凉与王羲之故宅的荒凉寂寥景色融合，勾勒出一幅意蕴无限的王羲之故居春景图。就艺术特色而言，该诗写景与抒情相结合，在清清浅浅的话语中，将王羲之故居的景色打上了历史的印记、文化的烙印。

游艾山

张景华①

绝顶高千丈，登攀①乐未休。小山相对立，涧水各分流。望日平空远，闲情傍鸟浮。物外浑无事，何惭②马少游。

【注释】

①张景华（1482—1555）：字时美，号白溪，郯城（今山东郯城）人，明代诗人。明正德九年（1514）进士，历任吉水知县、大理寺右寺丞、左副都御史、左都御史等。著有《摄心录》《山西奏议》《御边迂说》《穿杨中的说》《樵牧琐谈》等。 ②登攀：攀登。 ③惭：惭愧。

【评析】

诗歌描写了诗人登攀艾山时所见的优美景色。山景因为有了人的参与才会变得灵动，而艾山因为有了诗人、诗歌的参与，其独特、静谧、幽然的气韵也得到了淋漓尽致的释放。这首清新自然的诗歌，也是诗人闲适心境的一种外化表现。就艺术表现手法而言，该诗重在写景，诗末抒情。诗人在简短的诗句中，游刃有余地将艾山的风景和个人情感进行了完美的融合与释放。

沂州琅邪王墓下作

郑善夫[1]

田文[2]全盛日，泪下雍门弹[3]。王氏千秋后，劳歌[4]玉树[5]残。寝园[6]生兔穴，疑冢奠龙盘[7]。万仞莲花色，关河望已难。

【注释】

①郑善夫（1485—1523）：字继之，号少谷，闽县（今福建福州）人，明代诗人。明弘治进士，正德初始授户部主事，以清操闻名，愤嬖幸用事，辞官。正德中，起礼部主事，进员外郎，以谏南巡受杖。嘉靖初，起为南京吏部郎中。善书画，诗仿杜甫。著有《少谷全集》《经世要谈》。 ②田文：孟尝君，战国时齐国人。袭父封爵，称薛公，相齐。在薛招致天下

之士，食客常数千人，名闻诸侯，为战国四公子之一。③雍门弹：相传雍门子周以善琴见孟尝君，先纵谈天下形势，使孟尝君热泪盈眶；后弹琴，使孟尝君增悲流涕。后世遂以“雍门弹”代指令人悲伤的曲调。④劳歌：忧伤、惜别之歌。⑤玉树：用珍宝制作的树。《汉武故事》：“上（汉武帝）于是于宫外起神明殿九间……前庭植玉树。植玉树之法，葺珊瑚为枝，以碧玉为叶，花子或青或赤，悉以珠玉为之。”后世以“玉树”作为富贵的代名词。⑥寝园：陵园。⑦龙盘：如龙之盘卧状，形容雄壮绵延。也作“龙蟠”。

【评析】

本诗是诗人游览“琅邪王墓”后所写，传达人生如梦、世事无常的深沉感慨。诗的首联、颔联以孟尝君雍门泪下的典故引起诗人对“琅邪王”身后之悲凉的描写，帝王将相生前的繁华最终化为身后的虚无。诗的颈联、尾联则集中表现“琅邪王”死后的悲凉。这种人生苦短、繁华易逝的悲哀不是属于某个人，而是所有人都无法摆脱的宿命。整首诗歌语言简洁，格调低沉，意蕴悲凉，表现了诗人的悲观主义情绪。

夏日同张佥宪登沂州南楼

李士允①

览胜时乘暇，凭高暑自清。地为东服②镇，人是北山③情。

卷幔飞云入，围阑列岫[4]横。垣墉[5]犹古昔，陵谷几迁更。仗钺[6]愁无补，褰帷[7]壮此行。向南淮海尽，今日正波平。

【注释】

①李士允：明正德年间在世。字子中，祥符（今河南开封祥符区）人，明代书法家。明正德十二年（1517）进士。 ②东服：古代指王畿以东的地方。 ③北山：北面的山。 ④列岫：排列的山。 ⑤垣墉：墙。 ⑥钺：古代的兵器，形状像板斧而较大。 ⑦褰帷：撩起帷幔。

【评析】

诗歌描述了诗人夏日和朋友登上沂州城楼南楼欣赏周围景色之事。登上城楼南楼的诗人，不由想起北山的壮阔景色，一番感慨后，又将思绪拉回到周围的景色中，并隐秘地表现物是人非的感慨。就艺术特色而言，诗人借景抒情，现实主义和浪漫主义手法交织运用，充分表现了自己夏季登高望远的闲适心情，并于卒章显志，表达了自己虽伤时但不止步的奋进精神。

过羲之祠二首

李士允

其一

逸少[1]平生宅，维摩[2]几代宫。兰亭无昔日，柢树但悲风。

墨沼寒藤底，书台夕磬中。向来尘迹感，今古是谈空③。

其二

扫素传清事，栖真得旧踪。池荒今洗钵，台古只鸣钟。不见笼鹅客，空余舞鹤松。来游访遗墨，剔遍紫苔封。

【注释】

①逸少：王羲之的字。 ②维摩：维摩诘的省称，为佛典中现身说法、辩才无碍的代表人物。后常泛指修大乘佛法的居士。维摩宫，指寺院。 ③空：虚空。

【评析】

这两首诗描述了诗人过访羲之祠堂时的感受。两诗的首联均以叙事手法开端，写王羲之南迁后，故居成为佛寺，历经千年风雨。两诗的颔联和颈联通过景物描写，表现羲之祠堂的荒凉冷落：兰亭已没有昔日“群贤毕至”的景象，洗砚池和晒书台也寂寞孤独，无人问津。两诗的尾联均为“诗眼”所在，集中表达了诗人浓重的历史沧桑感——繁华易逝，人生如梦。两诗写景与叙事、议论结合，对仗工整，格调低沉，情绪悲凉。

忠孝祠

李士允

异代怜同美，兹邦溯有人。孤忠誓复汉，纯孝实通神。家国贻谋远，山川问气邻。卧龙无旧址，跃鲤但荒滨。吊古荆榛[1]里，崇贤庙貌新。争光扶日月，并祀合经纶。地辟芸窗[2]秀，天开蕙幔春。佩刀瞻气象，羽扇出风尘。奋迹充闾里，风流迈等伦。犹如供膳日，想见出师辰。往事悲陵古，浮生愧子臣。千秋恒仰止，谁与画麒麟。

【注释】

①荆榛：草木丛生的样子。 ②芸窗：书斋的别称。

【评析】

诗人以诸葛亮、王祥之忠孝为主题，感慨忠孝之人虽已离世，但其功绩与日月同光，同时表达出壮志难酬的压抑情绪。就艺术特色而言，本诗虚实结合，描绘出一幅壮美的忠孝画卷，极易使读者产生共鸣。

诸葛武侯祠

陈　玉[1]

鹿走人间汉鼎[2]移，南阳山色草庐低。卧龙不起扶江表，瞒贼[3]长驱到陇西。渭水古田春雨滑，丈原高垒阵云迷。年来独有祠前柏，岁晚笼葱越鸟啼。

【注释】

①陈玉：明嘉靖年间在世。字汝良，明嘉靖二十年

(1541) 进士，授刑部主事，以公正廉明著称。 ②汉鼎：汉代的鼎，为国之重器。也用以指汉代社稷。 ③瞒贼：指曹操。曹操小字阿瞒，曹操“挟天子以令诸侯”，被吴、蜀两国称为“国贼”。

【评析】

本诗描述了诗人游览武侯祠时的感受。诗的首联、颔联采用叙事手法，表现诸葛亮在汉末历史风云中举足轻重的作用。颈联通过写景，以“雨滑”“云迷”传达凄凉意味，表现诗人对诸葛亮的缅怀。尾联表现诸葛亮死后，唯有祠堂前的柏树郁郁葱葱，鸟儿不停地鸣叫。诗人借此抒发对诸葛亮的惋惜之情。整首诗情绪悲凉，格调低沉。

渡　沂

陆光祖①

鸿雁声中客思多，半弯残月俯清波②。霜风凄紧③寒沂水，立马平沙夜渡河。

【注释】

①陆光祖（1521—1597）：字与绳，平湖（今浙江平湖）人，明代大臣。明嘉靖二十六年（1547）进士，官至吏部尚书。著有《万里游草残稿》三卷。 ②清波：清澈的水流。③霜风凄紧：指寒风凄厉，寒意逼人。

【评析】

此诗描写诗人渡沂河时的所见所感。暮秋时节，北雁南飞，勾起行人对故乡的深切怀念。天上的残月映照着清澈的河水，寒风中，诗人骑马渡河。这是一幅让人感到无限凄凉而又有些凄美的画面。诗人善用多种感觉来描写外部景物，例如听觉、视觉以及触觉，所有的景物都是通过这些感觉获知的。该诗由景物入手，描写了凄凉的环境，这些环境反过来又加深了诗人对故乡的怀念，所以情由景生，景又催情，情景交融，耐人寻味。

琅邪四望

戴　燝[①]

琅邪西望

海日斜飞生远心，青枫摇落向空林。海疆孤嶂来秋色，鲁殿[②]浮云起夕阴。浴鹭汀寒红蓼乱，笼鹅人[③]去墨池深。停杯一数千年事，隔水空听向晚砧[④]。

【注释】

①戴燝（1563—1627）：字亨融，号今梁，又号利溥、天柱山人，彰州长泰（今福建彰州）人，明代文学家。明万历十四年（1586）进士。　②鲁殿：鲁灵光殿，汉代著名宫殿名，在今山东曲阜。唐杜甫《登兖州城楼》："孤嶂秦碑在，荒

城鲁殿余。” ③笼鹅人：指王羲之，他曾为山阴道士写经以换取白鹅。 ④晚砧：指傍晚的捣衣声。砧，捣衣石。

【评析】

此诗为戴熼所作组诗《琅邪四望》之一，写诗人登上琅琊城城楼西门“瞻蒙”时的所见所感。诗歌首联、颔联集中描写空旷的秋日景色，此处采用虚实结合的手法，极具时空感。落木萧萧，秋风瑟瑟，诗人极目远眺，恍惚可见鲁灵光殿隐现在浮云之间。颈联承上启下，由写景转入议论，先写天高水寒，红蓼花残，触目所及皆是萧瑟秋景，后写诗人面对如此寂寞秋景，心生感喟。回首千年之前，琅琊古郡人杰地灵，涌现出一批以书圣王羲之为代表的先贤名流，一时人文荟萃，举世瞩目。故地犹在，昔人已湮没于历史烟云，昔日繁华转眼而成今日寥落。尾联以暮色沉沉中传来的捣衣声作结，极为含蓄，尽得“言有尽而意无穷”之妙，极具美感。诗歌对仗工整，结构巧妙，深沉蕴藉，表达出诗人浓厚的历史沧桑感。

琅邪东望

三山①望去气萧疏，万井②霞光得曙初。隐见扶桑③枝上影，参差蛟蜃窟中居。楼船④一去无消息，釜岛⑤于今有聚庐。闻道至尊⑥忧社稷，请缨无策正愁予。

【注释】

①三山：传说中的海上三神山。晋王嘉《拾遗记》：“三壶则海中三山也。一曰方壶 ，则方丈也。二曰蓬壶，则蓬莱

也。三曰瀛壶，则瀛洲也。” ②万井：古代以地方一里为一井，万井即一万平方里。 ③扶桑：神话中海外的大树，据说太阳从这里出来。 ④楼船：有楼的大船。古代多用作战船。亦代指水军。 ⑤釜岛：即福岛，指秦代方士徐福去东海寻找的仙人居住之地。 ⑥至尊：至高无上的地位，多指君、后之位，也用作皇帝的代称。

【评析】

此诗为组诗《琅邪四望》之一，写诗人登上琅琊城城楼东门“镇海”时的所见所感。诗歌首联、颔联采用虚实结合的手法写景。霞光万道，旭日东升，诗人登上城楼，极目远眺，想象东方的海上仙山中隐隐可见艳丽的扶桑花影，蛟龙蛰居在洞穴之中。此处采用神话传说进行景物描写，增添了诗歌的奇幻色彩。颈联具有承上启下的作用，上承景物描写，下启议论抒怀。当年被秦始皇派去寻求仙药的徐福一去不返，海中岛屿已有人居住。此联既承上启下，又由虚入实，由虚幻的神话传说转入对现实生活的描写。至尾联，诗人直接抒怀，讲述倭寇在海上横行，成为国家大患，自己有心为国效力却请缨无路。诗歌采用虚实结合、写景与抒情结合的手法，巧妙传达了诗人忧国忧民的高尚情怀。

琅邪南望

春城极目访奇踪，睥睨连云[①]十二重。郯国垂杨朝系马，虹桥带雨昼飞龙。河声远渡秦淮月，树色清含茂苑[②]钟。楚水吴山凭槛尽，平芜处处晓烟浓。

【注释】

①睥睨（pì nì）连云：城墙高接云天。睥睨，城墙上锯齿形的短墙，女墙。 ②茂苑：古苑名，又名长洲苑，故址在今江苏苏州西南。后也用作苏州的代称。

【评析】

此诗为组诗《琅邪四望》之一，写诗人春日登上琅琊城城楼南门“望淮”时的所见所感。诗歌首联写壮观的城墙高耸入云，气势恢宏。颔联、颈联写诗人登上城楼放眼南望时见到的秀丽景色：郯国掩映在郁郁葱葱的绿杨之中，虹桥笼罩在烟雨中宛如长龙，自南而来的河水仿佛还带着秦淮月色，穿越树林传来的是茂苑的钟声。尾联总结全诗：凭栏远眺，琅琊城东南的山山水水尽收眼底，平旷的原野上处处升起袅袅炊烟。整首诗歌以写景为主，采用虚实结合的手法描写秀丽山水，以此来赞美琅琊城的宏伟壮观。

琅邪北望

琅邪近走东蒙山，断木枯枝尚可攀。古堞[①]春深花烂熳，苍岩风急雁飞还。卧龙跃鲤[②]皆祠庙，日观天门可驻颜。紫极频瞻云五色[③]，圣皇曾点殿中班[④]。

【注释】

①堞（dié）：城上如齿状的矮墙。 ②卧龙跃鲤：指诸葛亮和王祥。 ③云五色：五色云彩。古人以此为祥瑞之兆。④殿中班：朝班。古代群臣朝见帝王时按官品分班排列的位次。

【评析】

此诗为组诗《琅邪四望》之一，写诗人春日登上琅琊城城楼北门“宗岱”时的所见所感。诗歌首联叙事，写琅琊城附近的东蒙山逶迤延伸，山上的断木枯枝尚可攀援。颔联写景，指出古城春意正浓，山花烂漫，苍岩寺上空的鸿雁随风向北飞还。颈联历数琅琊历史人物，诸葛亮和王祥都立有祠庙，泰山日观峰和南天门能使人赏心悦目，红颜长驻。尾联由历史回归现实，诗人频频瞻望帝宫上空，见其被五色祥云笼罩，也许这时圣明的皇帝正在点检着上朝的文武百官。诗人借此含蓄地表达自己的政治理想。全诗由景物描写入手，突出琅琊地区景色优美、人杰地灵，最后以议论作结，表达了诗人的政治热情。

墨池怀古

林茂桂[①]

逸少[②]擅风流，伊人琅邪国。束发学钟繇[③]，八分众所式。当其驱颖时，龙蛇自生翼。临漪涤玄雾[④]，游鲤争吞墨。夜月照池水，兔影亦藏匿。胜赏寄兰亭，永和难再得。我来读残碑，蝌蚪[⑤]半磨蚀。不见笼鹅人，空余烟水色。

【注释】

①林茂桂：明万历年间在世。字德芬，号丹台，明代诗

人。明万历十四年（1586）进士，授北直隶真定府深州知州。著有《广咏史绝句注释》。②逸少：指王羲之。③钟繇：字元常，三国曹魏时著名的书法家、政治家。④玄雾：黑雾。⑤蝌蚪：指蝌蚪文，古文字体。

【评析】

诗人从书圣王羲之的故乡为琅琊、王羲之师从钟繇学书法着笔，引出王羲之书法气势磅礴、充满生命力的特征。又通过自己欣赏王羲之书法的感受，表达了对时光流逝、伊人不在的感慨。就艺术特色而言，该诗语言精练、用词有情，于方寸之间展现了王羲之一生的主要事迹以及诗人的感慨。

右军祠

钱达道[①]

右军旧宅已湮萝，断碣犹堪辨永和。华表最怜人化鹤[②]，黄庭无复客笼鹅。晒书台迥斜阳满，洗墨池荒芳草多。莫谓簿书妨吏隐，清风千古接鸣珂[③]。

【注释】

①钱达道：明万历年间在世。明代诗人，曾任道州牧、沂州知州等。②化鹤：本指成仙，后多用以代称死亡。晋陶潜《搜神后记》卷一：“丁令威，本辽东人，学道于灵虚山。后化鹤归辽。”③鸣珂：玉珂鸣响，佩玉铿锵。比喻显贵。

【评析】

本诗表现了诗人游览右军祠堂时的感受。诗的首联和颔联以充满感慨的语气，写右军故居一片荒凉，昔人已逝，唯有断碑残碣还保存着历史的记忆。颈联是对右军祠堂标志性景物——晒书台与洗砚池的具体描写，以“斜阳满”“芳草多”写尽凄凉与荒芜。诗歌至此均充溢着惋惜感伤的语气。诗的尾联笔调上扬，盛赞王羲之个人及其家族的风采流传千古，至今仍为人所敬仰。全诗运用写景与议论相结合的手法，描写细致，对仗工整，情感深沉，余韵悠长。

琅邪八景

舒　祥[①]

苍山[②]叠翠

好山[③]面面削芙蓉，吐月摩云势更雄。数叠好峰青列戟，几层晴嶂碧连空。巍峨低视淮阴小，突兀高联泰岳崇。日暮卷帘看映色[④]，满天佳气雨蒙蒙。

神峰[⑤]积雪

细认奇峰似未真，乱山高下复[⑥]如银。冰封石窦[⑦]流泉断，风搅林丛折竹频。万木低斜无宿鸟，一歧[⑧]平满少来人。东君[⑨]夜到知消息，开遍梅花几树春。

平野晓霁[10]

苍苍微曙霭高台，几树桃花昨夜开。疏柳啼莺三月届，断云迷雁九天[11]来。千门辟尽晨钟散，百役[12]奔初晓漏催。此际登临观下境，满城春色拥蓬莱。

普照夕阳[13]

碧玉楼[14]头日未沉，几家残照半城阴。斜分宝刹千层影，光灿瑶甍[15]百丈金。归雁携云投北浦，啼猿迎月上东林。柴门欲掩诗僧定，坐向闲庭抱膝吟。

孝河凝冰[16]

镇日东风鼓翠澜，长河吹遍水如干。银屏皎洁连川合，碎玉棱层映月寒。堤畔鹭联飞始见，波心鱼隐钓犹难。王祥一去千多载，留得冰模与后看。

沂水拖蓝[17]

拖蓝曳练漾微波，百合泉来渐满河。蒙谷[18]雪消苍泽长，祊田[19]雨后翠涛多。青含冷雨沿堤树，绿锁寒烟近水莎[20]。但见渔舟随处落，不妨风浪夜如何。

野馆汤泉[21]

汤山山下涌汤泉，溅喷珠玑颗颗圆。半亩聚来清彻底，一泓深处碧涵天。风狂暂失池心月，气热长生水上烟。春雨正多还溢出，满沟环珮振潺湲。

泥沱月色㉒

夜半银蟾印碧流，澄澄波底一轮秋。分明水府开金镜，仿佛天河浸斗牛㉓。宿雁不惊矶上客，潜鱼还避渚㉔边鸥。渔郎隔岸相呼语，尽是芦花暗钓舟。

【注释】

①舒祥：明万历年间在世。字维祯，明代诗人。曾修纂《沂州府志》，故其活动年代大约在明代万历年间。 ②苍山：在今临沭县北边约五公里处，上有秦王柱、窦王坟等古迹。 ③好山：指苍山。 ④昳色：傍晚的景色。昳，太阳偏西。 ⑤神峰：指位于今兰陵县卞庄镇西北的文峰山。 ⑥敻(xiòng)：遥远。 ⑦窦：洞穴。 ⑧歧：岔路。 ⑨东君：春神。 ⑩平野晓霁：位于原沂州治所后的城墙上。此处原有平野亭，登上此亭，向内可观城内的建筑，向外能看到沂河、祊河、涑河的风景。晓霁，雨雪过后天刚晴的样子。 ⑪九天：极高的天空。 ⑫百役：各行各业的人。 ⑬普照夕阳：指普照寺内的夕阳景观。 ⑭碧玉楼：指华贵的楼。 ⑮瑶龛：玉龛。 ⑯孝河凝冰：指孝河结冰，代指王祥卧冰求鲤的典故。孝河，也叫王祥河、孝感河。 ⑰沂水拖蓝：指清澈的沂河水蜿蜒曲折。 ⑱蒙谷：蒙山中的山谷。 ⑲祊田：古地名，在今费县西。祊河即得名于祊田。 ⑳水莎：水莎草，多生长于浅水中或水边沙土上。 ㉑野馆汤泉：即汤泉野馆，位于今临沂市河东区汤头镇北。 ㉒泥沱月色：指泥沱湖的月色。今临沂市罗庄区的双月湖即以泥沱湖为基础建成。 ㉓斗牛：斗宿和牛宿。此处代指高空。 ㉔渚：水中的小块陆地。

【评析】

“琅邪八景”是古沂州的八处优美的自然景观，舒祥抓住了“琅邪八景”的典型特点，并用高超的语言表现能力将其一一进行了呈现，在自然景色的律动中，勾勒出一整幅有关“琅邪八景”的清新、自然之画卷。就艺术手法而言，舒祥的诗歌语言细腻清新，用词考究，“琅邪八景”在他的笔下生动、鲜活，具有立体的画面感。这组诗可称得上是写“琅邪八景”的绝妙诗作。舒祥重在描写“琅邪八景”的自然美景，不注重个人情感的抒发，类似于对“琅邪八景”的实录，但恰恰是这种实录，使他的诗具有文学之外的价值。

登晒书台

舒　祥

五车[1]书废砚池荒，志士移家入渺茫。金谷[2]有园芳草没，柳庄无菊野花香。蜗窥石窦[3]吞春雨，鸟挂槐梢曝夕阳。手泽[4]千年磨不尽，几番风动散芸香[5]。

【注释】

①五车：即学富五车。《庄子·天下》：“惠施多方，其书五车。”后用以形容读书多，学问渊博。　②金谷：指晋石崇所筑的金谷园，后多用作富贵的代名词。　③石窦：石穴。④手泽：手汗。后多用以称先人或前辈的遗物等。　⑤芸香：

香草名。多年生草本植物，其下部为木质，故又称芸香树。花叶香气浓郁，可入药，有驱虫、祛风、通经等作用。

【评析】

诗歌主要表现了诗人对先贤王羲之的敬仰、缅怀之情。在一个春日的黄昏，诗人来到书圣故居，登上晒书台四处眺望，有感而发，写下了这首作品。诗歌的首联即以充满感慨的语气，写王氏南迁后，带走文采风流，故居内一片荒芜，再难见到当年繁华景象。诗歌发端即把读者带入“物是人非”的沧桑感慨中。颔联、颈联主要写景，颔联以“金谷有园”对比“柳庄无菊”，以突出今日之萧条冷落。颈联则以极为细致的笔触描写故居景色：一场春雨过后，蜗牛爬出来；夕阳西下，鸟儿栖息在古槐树上。两联景物描写突出了故居寂静冷清的氛围。诗的尾联是本诗的诗眼所在。虽经千载，时过境迁，人事已非，但书圣的精神风采泽被后世，绵延不绝。风中送来阵阵花香，恍若杂有淡淡墨香。全诗运用写景与议论相结合的手法，描写细致，对仗工整，情感深沉。

卧冰河

周　京[①]

跃鲤河[②]边树色苍，松榆祠庙对残阳。佩刀去后无消息，淮水只如衣带长[③]。

【注释】

①周京：明万历年间在世。字寤西，号野王，沂州（今山东临沂）人，明代官员。明万历四十一年（1613）进士，曾任清吏司主事。 ②跃鲤河：即卧冰河，又称孝河，王祥卧冰求鲤的地方。 ③衣带长：一衣带水，像一条衣带那么宽的河流，形容其狭窄或逼近。《南史·陈后主纪》：“隋文帝谓仆射高颎曰：‘我为百姓父母，岂可限一衣带水不拯之乎？’”

【评析】

卧冰河又称孝河、孝感河等，为王祥卧冰求鲤处，位于今临沂白沙埠镇境内。王祥卧冰求鲤的故事广为流传，王祥做官后忠正廉洁，为百姓所爱戴。王祥的为人处世成为家族垂范。由王祥始，琅琊王氏不断发展壮大，最终于书圣王羲之时期达到鼎盛。诗人在一个秋日黄昏，来到卧冰河畔，只见暮色残阳，古树苍苍，再不见当年衣冠风流。王氏南迁后，再未回到故土，只留下流淌千年的卧冰河。诗人故地重游，心绪复杂，既慨叹物是人非、世事无常，又表达了对先贤的敬仰之情。诗歌语言朴素，格调深沉。

地震诗（节选）

丁耀亢[①]

康熙戊申六月十七日，火云起于西北，如赤血，中有雷声，须臾大雨如注，霹雳交作。至夜戌时地震，自西而东，隐有雷声起自地底，房屋倾折，墙壁倒竖，屋瓦皆飞，人不能立。余幸楼倾不死，如有人扶掖而出。百里之内，民皆露处。三日，地动未已，作地震诗记异。

地卷山摇转辘轳，六鳌②力尽海桑枯。乾坤尚有八荒③在，环堵④今方四壁无。炼石⑤谁能扶帝载，凌虚⑥何用出洪炉⑦。圣朝⑧调燮⑨多元宰，蚤⑩建神功奠九区⑪。

【注释】

①丁耀亢（1599—1669）：字西生，号野鹤，自称紫阳道人、木鸡道人、野航居士，明末清初文学家。著有《续金瓶梅》《西湖扇》《化人游》《赤松游》等。 ②六鳌：神话传说中负载仙山的六只大龟。事见《列子·汤问》。 ③八荒：也叫八方，即东、西、南、北、东南、东北、西南、西北八个方向，指离中原极远的地方，后泛指周围、各地。 ④环堵：四面围绕土墙的狭屋。形容狭小、简陋的居室。 ⑤炼石：指女娲补天。出自西汉刘安《淮南子·览冥训》："于是女娲炼五色石以补苍天。" ⑥凌虚：升向高空或高高地在空中。 ⑦洪炉：比喻锻炼人的环境。 ⑧圣朝：指清朝。 ⑨调燮：犹言调和阴阳。古谓宰相能调和阴阳，治理国事，故又代称宰相。 ⑩蚤：通"早"。 ⑪九区：九州，代指中国。

【评析】

此诗写大地震的情景。康熙年间发生的郯城大地震，波及兰山。该诗使用夸张手法，展示了地震时的惨状：地动山摇，天翻地覆，如同辘轳转动，又如同支撑天的六鳌力气用尽了一般。随后描写震后的情景，即天崩地裂，墙倒屋塌。地震的神力将物体抛向天空，所以诗人非常忧虑：谁来补天呢？最后，诗人说本朝能人很多，应该能够早早地开展救济和建设工作，以安定四方百姓。本诗大量使用夸张手法并引用神话传说，展示了地震时的巨大威力，也表达了诗人对人民的关心和爱护之情。

沂　州

许　楚[1]

东望沂州城，平皋[2]散清绮。丹楼高切云，古岸攲[3]悬水。投缰问野炊，粝食[4]膻寒齿。落日见龟蒙，庄严数峰起。

【注释】

①许楚（约 1605—约 1676）：字方城，又字芳城，号西亭、旅亭、青岩，人称青岩先生，明末诸生。著有《青岩集》《南村草堂集》《艺文幸存录》《士穷录》《金石录》《砚史》《广舆记补》《绪言》《新安外纪》等。 ②平皋：水边平坦的地方。 ③攲（qī）：向一边靠，倾斜。 ④粝（lì）食：粗劣的食物。

【评析】

沂州古城位于今临沂市兰山区，东靠沂河。诗歌描写了诗人在沂州城欣赏沂河美景之后，又在旅途中烤粗劣食物果腹，最后在蒙山欣赏落日的经历。就艺术手法而言，该诗以时间为序，重在写景，诗人观其水、赏其山，言语清新雅致，别有一番韵味。

艾 山

全守初[①]

大艾如马小艾驹，两山相逐类联呼。鞭石[②]肥羜[③]瘦者羭[④]，咸从茂草起飞凫。山巅乍回点头笠[⑤]，涑溪匹练惊壁立。飞瀑千仞俯岩峦，长夏清凉无暑入。有客有客来自东，庞眉[⑥]皓发山之翁。青萝包髻缠白苎[⑦]，足踏云气头岳嵩。口授丹书[⑧]手玉简，长桑[⑨]秋露拭双眼。勤调烹练上弦三[⑩]，自有明珠[⑪]月下产。聆此妙诀贮心胸，朝屯暮蒙[⑫]合天功。岩观可作蓬莱主，桃源碧水映崆峒[⑬]。

【注释】

①全守初：生卒年不详。明代诗人。 ②鞭石：《艺文类聚》卷七九引《三齐略记》曰："始皇作石桥，欲过海观日出处。于时有神人，能驱石下海，城阳一山石，尽起立，嶷嶷东倾，状似相随而去。云石去不速，神人辄鞭之，尽流血，石莫不悉赤，至今犹尔。"后以"鞭石"作为神助的典故。这里指艾山上的群石。 ③肥羜（zhù）：肥嫩的羔羊。《诗经·小雅·伐木》："既有肥羜，以速诸父。" ④羭（yú）：母羊。⑤山巅乍回点头笠：山的顶峰急遽回转，像头戴斗笠的老人点

头而立。乍回，急遽回转。点头笠，戴笠点头。 ⑥庞眉：眉毛黑白杂色，形容老貌。 ⑦苎：苎麻，这里指以苎麻为原料织成的白布。 ⑧丹书：即丹书墨箓。泛指炼丹之书、道教经书。 ⑨长桑：长桑君，传说为战国时的神医，曾传授扁鹊医术。 ⑩上弦三：三次出现上弦月，即三个月。 ⑪明珠：此处指仙丹妙药。 ⑫朝屯暮蒙：比喻刻苦修炼。屯，聚集。蒙，承接。 ⑬崆峒：山名，在今甘肃平凉市西，相传是黄帝问道于广成子之处。也称“空同”“空桐”，常用来指仙山。这里指艾山。

【评析】

民国《临沂县志·山川》称：“艾山，城西三十五里，铁牛山在其东。”铁牛山亦称小艾山。本诗形象生动地描绘了艾山的奇丽景色。开端两句“大艾如马小艾驹，两山相逐类联呼。鞭石肥羜瘦者羭，咸从茂草起飞凫”用极为形象的比喻写出了大艾山与小艾山的奇特形态——像大马小马相互追逐，同时指出山上的石头形态各异，像被驱赶的羊群。接下来两句“山巅乍回点头笠，涑溪匹练惊壁立。飞瀑千仞俯岩峦，长夏清凉无暑入”写山水形态——山势回旋犹如戴笠而立的老人，涑河如一条白练在山间奔流，山中又有千仞瀑布带来凉爽气息。以上是本诗的前半部分，主要是对艾山景色的描绘。诗的后半部分由实入虚，虚构了一位仙人形象。这位仙人脚踏云气，目光炯炯，传授天书秘诀。全诗采用虚实结合的手法，既描绘了艾山的奇丽景色，又通过对仙人形象的描摹，增添了艾山的神秘色彩。全诗音韵和谐，气势奔放，充满奇幻色彩。

洗砚池怀古

周士元[1]

我来琅邪郡，缅想古人迹。春城芜草生，不见笼鹅客[2]。郁郁古招提[3]，云是右军宅。前依涤砚池，墨水犹澌[4]液。断碣偎东墙，剥蚀不可译。惟余柳公书[5]，窿然竖贞石[6]。二贤邈风流，千载仰心画[7]。如何学临池，而我手如戟[8]。左招逸少魂，右酹[9]公权魄。惝恍[10]如神来，花飞酒狼藉。世代有推迁，感慨无今昔。掀髯[11]归去来，长哦云海白。

【注释】

①周士元：生卒年不详。明代诗人。 ②笼鹅客：指王羲之，他曾为山阴道士写经换取白鹅。 ③招提：梵语，义为“四方”。此指普照寺。 ④澌：澌澌，水流声。 ⑤柳公书：即《集柳碑》，在今临沂王羲之故居内。 ⑥贞石：坚石，亦作碑石的美称。 ⑦心画：书面文字，此处指书法。汉扬雄《法言·问神》：“言，心声也；书，心画也。声画形，君子小人见矣。” ⑧手如戟：形容笨拙不灵活。戟，古代一种兵器。 ⑨酹：洒酒于地表示祭奠。 ⑩惝恍：朦胧，模糊不清。 ⑪掀髯：笑时启口张须貌。

【评析】

本诗描写诗人游览洗砚池而引发的思古之情。诗的前四句采用叙事手法，写右军故居荒草丛生，昔人已逝，只留下寂寞的洗砚池。接下来四句主要称赞王羲之与柳公权的书法精湛高超，令后世敬仰。诗的最后四句写诗人幻想与两位书法名家畅饮，表达了诗人对二人的敬佩之情，同时表达了诗人豁达的人生态度。全诗描写、叙事、抒情相结合，表达了诗人对先贤的敬仰之情。

王逸少

马世俊[①]

一片兰亭水[②]，千年属右军。至今哀乐性，犹自感斯文[③]。

【注释】

①马世俊（1609—1666）：初号野臣，后号甸臣，溧阳（今江苏溧阳）人，清代诗人。顺治十八年（1661）状元，官翰林侍读。精于书画，有“二右”之誉，即书如右军、画似右丞。著有《匡庵诗集》《匡庵文集》等。 ②兰亭水：兰亭附近的水流。王羲之《兰亭序》中有“此地有崇山峻岭，茂林修竹，又有清流激湍，映带左右，引以为流觞曲水，列坐其次”句。 ③斯文：这篇文章，指《兰亭序》。《兰亭序》中有“后之览者，亦将有感于斯文”句。

【评析】

永和九年（353）农历三月初三，王羲之与众多名士会集于山阴兰亭，举行修禊大典。曲水流觞，诗酒遨游，成为千古佳话，王羲之因此而作《兰亭序》流传后世。诗歌在艺术方面，以赞叹的语气颂扬王羲之因兰亭而流芳百世，兰亭也因王羲之而声名远播，王羲之与兰亭密不可分。在《兰亭序》中，王羲之首先叙述兰亭修禊当日与友人诗酒遨游之欢，后又深切表达人生苦短、欢乐短暂的悲哀。而这种喜、悲交替的情绪体验，是个体生命所共有的。因此，千载以后，人们读《兰亭序》，仍然会深深感慨，产生共鸣。诗歌一方面赞扬了王羲之的名士风流，另一方面赞扬了其文章的艺术风采。

涑水春昼

宋之韩①

烂熳杏花似雪飞，桃花初绽正红肥。摇摇金柳垂溪面，郁郁青松揖钓矶。槛外喧声檐雀晓，水边细语柳莺好。春来花鸟亦欢欣，拾翠②寻芳休草草。

【注释】

①宋之韩（1610—1669）：字奇玉，号莲仙，自称西莲父，人称涑洲先生、涑洲司马，沂州（今山东临沂）人，清代学者。廪贡生，授东昌学博，后升四川泸州通判。著有《海沂诗集》。 ②拾翠：妇女春游，采拾花草。

【评析】

本诗主要描写了桃红柳绿时节莺歌燕舞的热闹景象，表达了诗人对春的热爱。诗人认为胜日寻芳不能草草，以免辜负了大好春光。诗人借助比喻、拟人、对偶等手法，生动描绘了涑水河畔杏花、桃花、金柳、青松、檐雀、柳莺的美丽与喧闹，给读者带来美的感受。

涑水春

宋之韩

奇峰送绿漱[1]朝霞，遥映西郊涑水涯。有客欲吟春草句[2]，无衣谁宿杜陵花[3]。寻芳河上月当仲，拾翠山前杏吐葩。野外青林[4]谁作主，应教学种邵平瓜[5]。

【注释】

①漱：洗。 ②春草句：指谢灵运的“池塘生春草”句。据说谢灵运写此诗时思考多日不得佳句，有一天忽然梦见谢惠连，就有了这句诗。 ③杜陵花：指妓女。 ④青林：清净的山林。青，通“清”。 ⑤邵平瓜：又名东陵瓜，指汉邵平所种之瓜。邵平于秦时被封为东陵侯，秦灭后沦为布衣，在长安城青门外种瓜。

【评析】

本诗主要描绘了春日里诗人吟诗、寻芳、拾翠等日常生活场景，表现了诗人隐逸生活的闲适快意。诗歌对仗工整，格律严谨，诗中多处用典，语言凝练，用词典雅。

春日登艾山

宋之韩

鲁始平齐处[1]，盟台迹尚遗。烟霄[2]原玉帛，云日自车骑。涑涧[3]春风细，蒙峰翠壁维。遥看鬼谷子[4]，洞启水帘垂。

【注释】

①鲁始平齐处：《左传·隐公六年》记载，“公会齐侯盟于艾”。艾山，又名艾华山，在今临沂城西北 14.5 公里处。②烟霄：云霄。 ③涑涧：涑河。 ④鬼谷子：这里指蒙山上的鬼谷水帘洞，为蒙山中一处悬崖壁上的浅洞。由于洞外有瀑布飞流，又传鬼谷子在此隐居，所以世称此处为鬼谷水帘洞。

【评析】

登高怀古，临景赋诗，诗人把万般情思融于诗中。诗人描写了盟台、烟霞、涑河、春风、蒙山，这些景色有些是实景，有些是诗人心中之景。涑河的细细春风是诗人隐居涑河边时每天都能沐浴的，但从艾山顶部看涑河边的春风大概还是有难度的。蒙峰的绿色大概可见，但鬼谷水帘洞应该是看不到的，因为它在蒙山北麓。所以诗人登高远眺之景除烟霞、云日外，都是诗人心中之景。诗人通过登艾山之顶，感受到过去的时代已成过眼的烟霞，陪伴自己的只有涑河的春风和鬼谷水帘洞，借此抒发对自己归隐之事的无奈。

普照寺内王右军祠

宋之韩

沂州普照寺[①]，传是右军宫。佛火墨犹似，禅光笔较同。昔时称坦腹[②]，今日醉春风。捧砚擎鹅子，几年雪雨中。

【注释】

①普照寺：位于王羲之故居内。 ②坦腹：指晋代太尉郗鉴相看青年才俊，欲为自己女儿觅得佳偶，王羲之坦腹东床，终成“快婿”的故事。典出南朝宋刘义庆《世说新语·雅量》：“闻来觅婿，咸自矜持，唯有一郎在东床上坦腹卧，如不闻。”

【评析】

普照寺以王羲之故居为基础建成，寺前柳公权碑神韵丰足。诗人以此展开，描写王羲之坦腹东床、观鹅练书法之事，勾勒出一幅普照寺、王羲之祠堂相映生辉的画面。从艺术手法来看，该诗平铺直叙，融情入景，不事雕琢，成就了一首意蕴无限的五言诗。

王羲之东床坦腹

李 渔[①]

郗鉴[②]求婿于王导，导令遍观群从。王氏诸少咸自矜持[③]，惟羲之在东床坦腹食。鉴闻之，曰："此佳婿耳！"以女妻之。

郗门独简[④]东床婿，应是王郎腹可观。料不采葑[⑤]遗下体，故留肉袒待人看。

【注释】

①李渔（1611—1680）：初名仙侣，后改名渔，字笠鸿、谪凡，号笠翁，明末清初文学家、戏曲家。著有《笠翁十种曲》《闲情偶寄》《笠翁一家言》等。 ②郗鉴：字道徽，东晋书法家、将领，兖州八伯之一，是王羲之的岳父。 ③矜持：拘谨，拘束。 ④简：书信。 ⑤采葑：出自《诗经·邶风·谷风》："采葑采菲，无以下体。"葑即蔓菁，其叶、根、茎都可食，根、茎味苦，但采葑者不可因此连葑的叶子都不要。后以"采葑"指被人赏识。

【评析】

东晋太傅郗鉴想为女儿寻找一位才貌相当的夫婿，丞相王导家族门第高贵而且家族内子弟众多，因此郗鉴派人前去选婿。王家子弟知道这件事后都精心打扮，行为拘谨，只有王羲之毫不在意，依旧我行我素，结果恰恰是王羲之的自然随意打动了郗太傅。从这个故事中可以想见东晋名士率性而为、不同流俗的魅力风采。这首诗在艺术上的特点是，诗人语气戏谑，说王羲之被选中是因为其腹可观，所以露出腹部。但真实原因是王羲之充满自信，也相信郗太傅不会浅薄到以貌取人，所以率性而为。诗人通过看似轻松幽默的笔触，既称赞了王羲之的自信，也称赞了郗太傅的眼光独到。

桓伊[1]为王徽之弄笛

李　渔

徽之泊舟青溪，伊素不识徽之，辄从岸上遇。船客曰："此桓野王也。"徽之曰："闻君善笛，试为我一奏。"伊踞[2]胡床[3]为作三弄[4]，吹毕，上车去，客主不交一言。

曲经三弄舌堪扪[5]，相对[6]无言道始尊。话在笛中人不识，却疑主客少寒温[7]。

【注释】

①桓伊：字叔夏，小字子野，亦作野王，东晋谯国铚县（今安徽濉溪）人。喜音乐，善吹笛，时称"江左第一"。又能挽歌，与羊昙、袁山松时谓"三绝"。　②踞：坐。　③胡床：亦称"交床""交椅""绳床"，是古时一种可以折叠的轻便坐具。　④三弄：三调。也可作古曲名，即梅花三弄。唐李郢《赠羽林将军》："惟有桓伊江上笛，卧吹三弄送残阳。"　⑤扪：按住舌头，表示不说话或不发声。语本《诗经·大雅·抑》："莫扪朕舌。"　⑥相对：面对面，相向。　⑦寒温：指问候冷暖起居，表示关心。东晋干宝《搜神记》："忽有客通名诣瞻，寒温毕，聊谈名理。"

【评析】

诗歌讲述了桓伊为王徽之弄笛的故事，表达了诗人对两位名士的赞赏之情。诗人写王徽之和桓伊在青溪岸边偶遇，彼此并不相识。王徽之听说桓伊善弄笛，便请他吹奏一曲。桓伊爽快地答应并欣然为之弄笛。二人相顾无言，就此别过。在一般人看来，二人的行为令人费解：王徽之与桓伊素不相识，却让对方为自己吹笛，看似无理；而桓伊并不认识王徽之，对他的要求却欣然接受，彼此之间没有客套寒暄，在外人看来实在是冷淡无情。但这正是魏晋名士所谓风流之举，他们看重的是我行我素、超脱世俗。诗人对他们的举动大加赞赏，认为二人相互欣赏，无需用语言交流——相对无言道始尊。这首诗在艺术手法上表现为以议论结篇。

戒珠寺谒王羲之像

叶矫然①

江左名流最出群，兰亭千载颂遗文。鹅池水色当窗绿，珠寺②钟声万壑闻。幕府有书忧北伐③，山林投老④誓先坟⑤。更怜同调娱丝竹⑥，惆怅桑榆⑦对暮曛⑧。

【注释】

①叶矫然（1614—1711）：字子肃，号思庵，闽县（今福建福州）人，清代学者。清顺治九年（1652）进士，官工部主事、乐亭知县。著有《易史参录》《龙性堂诗集》《东溟集》《鹤唳编》。 ②珠寺：即戒珠寺，位于今浙江绍兴。寺内殿廊洁净，佛相庄严，为城中八大名寺之一。 ③忧北伐：指王羲之在致殷浩书中所表达的对于北伐的忧虑。 ④投老：垂老，临老。《后汉书·仇览传》："母守寡养孤，苦身投老，奈

何肆忿于一朝，欲致子以不义乎?”王羲之《十七帖》:“实望投老，得尽田里骨肉之欢。” ⑤誓先坟：即誓墓，指辞官归隐。《晋书·王羲之传》:“时骠骑将军王述少有名誉，与羲之齐名，而羲之甚轻之，由是情好不协。……述后检察会稽郡，辩其刑政，主者疲于简对。羲之深耻之，遂称病去郡，于父母墓前自誓。”后以“誓墓”称去官归隐。 ⑥丝竹：中国传统民族弦乐器和竹制管乐器的统称。亦泛指音乐。《礼记·乐记》:“德者，性之端也。乐者，德之华也。金石丝竹，乐之器也。”《商君书·画策》:“是以人主处匡床之上，听丝竹之声，而天下治。” ⑦桑榆：桑树和榆树。这里指照在桑树和榆树上的傍晚的太阳，借以比喻年老。 ⑧曛：日落时的余光。

【评析】

诗歌描写了诗人拜谒王羲之像时的感受。诗人首先写王羲之在书法方面的伟大成就，接着写王羲之故居的景象和钟声的辽远，随后写王羲之在北伐时的远见以及在政治上失意后归隐田园的志趣，最后写诗人面对夕阳西下时的感受。诗歌语言细腻清新，以历史典故论人，同时借历史人物表达了诗人的隐居情怀。

度沂水

任绳隗[1]

不尽长沂[2]天外浮，临风策马若乘舟。沙明秋浦[3]平分月，岸拍春涛半欲流。返照渔人群晒网，依山牧子[4]故驱牛。禹功[5]东去连淮泗，云树苍茫万古愁。

【注释】

①任绳隗（1621—?）：字青际，号植斋，宜兴（今江苏宜兴）人，清代词人。清顺治十四年（1657）举人，后肆力坟典，殚心著述，书法亦端深，词亦有名。著有《直木斋全集》《冰弦词》。 ②长沂：漫长的沂河与沂河水。 ③秋浦：秋日的水滨。 ④牧子：放牧的人。 ⑤禹功：指夏禹治水的功绩。《左传·昭公元年》："美哉禹功，明德远矣。微禹，吾其鱼乎！"

【评析】

该诗描写诗人渡沂河时所见。沂河缓缓流淌，似从遥远的天际翩然而来，展示出沂河的漫长悠远。此景之中，诗人临风策马，就像乘舟渡河一般。接着又由人而景：在月光下，河水清澈，沙子鲜明，半圆的月亮悬挂在天际，河水激荡着岸边；渔民打鱼归来，正在整理渔网，牧童沿着山脚放牛归来。此景令诗人想到大禹治水之功，不觉愁上心头。该诗擅长写景，由近及远，很有层次地展现出一幅山水田园图，很得王绩一脉的精髓。诗人善于调动多种感觉，如视觉和听觉，从而使诗歌声情并茂。同时，典故的运用也令诗人所抒之情更悠远，有厚重的历史感。

沂州道中

周　筼[1]

沂岸朝来渡，风声聒耳闻。雪沙浑不辨，天水渺难分。老牸[2]空怀犊，惊鸿久失群。不堪还自寿，一觅浊醪[3]醺。

【注释】

①周筼（1623—1687）：初名筠，字青士、公贞，号筜谷、筜谷人，秀水（今浙江嘉兴）人，明末清初诗人。工诗，尤其擅长五言律。又精于词律，辑有《词纬》。著有《采山堂诗》《析津日记》。　②牸（zì）：雌性动物。　③浊醪（láo）：浊酒。

【评析】

这是一首叙事写景诗，诗人早上渡沂河时，风紧雪沙大，一片水茫茫。面对这样的环境，诗人倍感失落，觉得自己就像失群的大雁一样。随即话锋一转，诗人认为即便不能承受自然环境和心境的双重折磨，也要爱惜自己，反映出诗人身处恶劣环境却能自我开释的胸怀。就艺术手法而言，该诗叙事与抒情相结合，叙事部分是抒情部分的铺垫，也是情感升华的基础。诗人自然散发出的情绪，无疑能引发读者的情感共鸣。

观右军真迹

沈　荃[1]

金飙[2]飕飕秋瑟瑟，槭槭[3]枫摇虎阜[4]侧。吴江拔浪滚滚高，挽舟竞访兰亭迹。韩公嗜古善鉴藏，持向满堂变颜色。藏锋露骨还飞扬，天愁地惨意各出。笔端一一会有神，五湖齐倾山岳立。颓云[5]飞沙落蓬蒿，四壁飒飒青天高。动如崩崖纷坠石，静如江海帖飞涛。娇如素女[6]临秋水，突如雕鹗摩空霄。吾闻唐欧褚[7]，亦善摹此经。后来纷纷不足名，神物变化世莫测。韩公识鉴[8]海内倾，锦绣十袭[9]吐芙蓉。犀玉[10]双签来龙雀，芒鞋藤杖称山人。细语殷勤善商榷，坐我草堂堂之阳。堂中墨宝发异香，金钱万缗那可买，珠玑千斛莫可量。乃知真迹以人重，右军人才天下无。即如此卷亦珍图，呜呼右军天下无。

【注释】

①沈荃（1624—1684）：字贞蕤，号绎堂，别号充斋，华亭（今上海松江区）人，清代书法家。清顺治九年（1652）探花，授编修，官翰林院侍读学士、礼部侍郎，卒谥文恪。

②金飙：秋风。金，五行之一，代表西方和秋天。飙，暴风。

③槭槭：风吹动树叶的声音。　④虎阜：苏州的虎丘。　⑤颓云：下坠的云。　⑥素女：传说中的神女名。《史记·封禅书》："太帝使素女鼓五十弦瑟。"　⑦唐欧褚：唐代的欧阳询和褚遂良。二人是初唐时期著名的书法家。　⑧识鉴：指认识

水平和鉴别人才事物的能力。《晋书·桓彝传》："性通朗，早获盛名。有人伦识鉴，拔才取士，或出于无闻，或得之孩抱。" ⑨十袭：把物品一层又一层地包裹起来，以示珍贵。 ⑩犀玉：指犀牛角和玉。这里指珍贵的东西。《韩非子·喻老》："昔者纣为象箸而箕子怖。以为象箸必不加于土铏，必将犀玉之杯；象箸玉杯必不羹菽藿，则必旄象豹胎。"

【评析】

此诗描写王羲之书法真迹的精美绝伦。诗人先描摹背景，把王羲之书法设置在一个波澜壮阔、惊涛骇浪、狂风怒吼的环境中，借以突出王羲之书法的不同凡响。然后写王羲之书法真迹一出，立即神光四射。这里用夸张和衬托的手法来写王羲之书法真迹的非凡。接着用较多的笔墨描述王羲之书法真迹的动静之美。诗人用了大量的比喻和神话传说，借以揭示王羲之书法真迹的绝伦超卓。随后说那些模仿王羲之书法真迹的作品，是无论如何比不上王羲之书法真迹的，同时又说明了王羲之书法真迹价值连城，是无价之宝。最后直接赞叹王羲之书法的绝妙。此诗善用比喻和夸张，大量比喻和夸张的运用，将王羲之书法真迹之美展现在世人面前，也表达了诗人对书法鉴赏者超凡能力的赞美之情。

沂州怀古

沈　荃

古郡琅琊胜，清沂[1]绕郭流。山川表[2]东海，锁钥[3]壮齐州。暑尽秋阳杲[4]，天空野雾收。故人勤慰藉，停策[5]且淹留[6]。

【注释】

①清沂：清澈的沂河水。 ②表：外面，此处指围绕。③锁钥：险要之处。 ④杲：明亮。 ⑤停策：停下马鞭，此处代指停留。 ⑥淹留：逗留。

【评析】

诗人从沂河绕沂州城而流的自然景色着笔，描写沂州城独特的风景，并由此延伸至山东其他地域的景色。景美又有故人，诗人自然而然地在沂州城停留。就艺术手法而言，该诗景中有情，情中有景。诗人身在沂州，视线却不止于沂州，显示出诗人具有很强的联想能力和对世间万物的感受能力，并能够将其无限情意用一首简单的诗歌表现出来。

晓发沂州作

王士禄[1]

晓发沂州郭，鸣鸡听乍稀。渐南[2]风力减，近晦[3]月光微。家世琅琊旧，风流典午[4]非。侧身一怀古，不那[5]泪沾衣。

【注释】

①王士禄（1626—1673）：字子底，一字伯受，号西樵山

人，新城（今山东桓台）人，清代学者。清顺治十二年（1655）进士，投牒改官，选莱州府教授，迁国子监助教，擢吏部主事。后典试河南，因事免官。著有《读史蒙拾》《然脂集例》《表余堂诗》《十笏草堂诗选》等。②渐南：逐渐向南。③晦：夜晚。④典午："司马"的隐晦表达方法。此处代指晋朝。⑤不那：无奈。

【评析】

诗歌描绘了诗人在清晨寥寥可数的报晓鸡声中自沂州出发赶路的场景。诗人从沂州出发，一路向南，随着离南方越来越近，风力也逐渐减小。虽然已经傍晚了，但诗人一直在赶路。路途中的他心怀感慨：自己本来是沂州人，但是祖先的风采在自己这里并没有继续呈现。诗人边走边想，不由得泪水沾湿了衣裳。就艺术手法而言，该诗叙事与抒情相结合，叙事是因，抒情是果，诗人在诗句的自然转合中展现了自己身在旅途、易于怀古的境遇。

沂州晓渡

唐梦赉[1]

过山今又过沂城，古道骅骝[2]晓日明。豆粥渐香人让座，酒炉才沸客谋行。琅琊南渡才偏盛，诸葛[3]东耕愿不成。但道丽谯楼[4]下水，曾临疏傅[5]照颜清。

【注释】

①唐梦赉（1628—1698）：字济武，淄川（今山东淄博）人，清代文学家。清顺治五年（1648）中举人，翌年中进士，授翰林院庶吉士，顺治八年（1651）授翰林院检讨。著有《志壑堂诗集》《借鸽楼小集》等。 ②骅骝（huá liú）：红色骏马。 ③诸葛：诸葛亮。 ④丽谯楼：指华丽的高楼。 ⑤疏傅：西汉时，疏广为宣帝太子太傅，其侄疏受为宣帝太子少傅，两人在地位显赫时同时称病请辞，后以“疏傅”代指急流勇退。

【评析】

诗歌前两联写诗人刚经过山区又路过沂州，古道上只有诗人和其坐骑看着天渐渐变亮。此时，粥铺已经开门，店小二开始招呼客人；酒刚温好还没喝，旅客就开始谋划自己的行程。后两联写诗人打算归隐田园，然而这一愿望无法实现。就艺术手法而言，该诗叙事、抒情结合，用充满乡野气息的日常事，引出诗人打算归隐田园而不得的感慨，以及对历史上名人风流一时、如今却踪迹难寻的叹息。该诗风格朴素自然，偏向田园风。

王休徵庙

唐梦赉

假馆主人坐谈笑，谓我雨歇宜登眺。伴城东南绕孝河，河边孝子王祥庙。老槐古柏势参天，青蒲紫芡[1]堪垂钓。当其卧处冬不冰，郁蒸[2]三尺清如烧。门外淋漓雨不收，欲往从之惟清啸。呜呼，临食辍箸重欷歔，汤泉火井定何如。却笑苏秦主父偃[3]，轻将恩怨较亲疏。

【注释】

①芡：多年生水草植物，茎干、叶边都有刺。 ②郁蒸：闷热。 ③主父偃：汉武帝时的大臣。

【评析】

王祥庙位于今临沂市兰山区白沙埠镇孝友村。该诗描绘了王祥庙的独特景色：老槐树林立，青蒲、紫芡水中交错。随后由景入情，引发对苏秦、主父偃两位历史名人对待亲人态度的思考，诗人不赞同他们只从恩怨方面出发判定对亲人的态度。就艺术手法而言，该诗写景与抒情结合，将苏秦、主父偃与王祥对比，衬托出王祥的至性至情。

十一日过泮城三首

赵吉士[1]

其一

茅檐未晓已吹烟，驿吏仓皇拜道前。问我过沂多少路，四更策马正寒天。

其二

粼粼[2]白石水潺潺[3]，未到山村先见山。童叟莫夸旌节[4]好，驰驱正苦宦途难。

其三

颓垣插棘补残篱，喔喔村门络[5]茧丝。夜绩晨舂犹未歇，又来陌上课鸟稗[6]。

【注释】

①赵吉士（1628—1706）：字天羽，休宁（今安徽休宁）人，清代官员。清顺治八年（1651）中举，选推官，康熙七年（1668）授交城知县，后历河南司、四川司主事，擢户科给事中等。著有《续表忠记》《寄园寄所寄》《万青阁全集》等。②粼粼：形容水、石等明净。③潺潺：形容水流动的样子。④旌节：古代使者的凭信。⑤络：缠绕。⑥稗：稻田里的杂草。

【评析】

这三首诗歌的前两首描述了诗人宦游生活的艰辛（四更出发，路途坎坷不平），同时也表现了泮城的山水风景之美；后一首主要写村居生活的忙碌景象，反映了田园、宦游生活各有各的苦楚，同时也歌颂了泮城人民的勤劳质朴。这三首诗歌语言质朴，具有浓厚的生活气息。

拜太尉休徵王公祥墓

赵吉士

我来凭吊冢中人，正藉喧风[1]扫墓尘。覆墣[2]初闲投数雀，层冰顿解跃双鳞。云峰万变山如旧，石埭[3]横冲路又新。莫恨西芒无甓石，到今孝行勒[4]瑶珉[5]。

【注释】

①喧风：春风。 ②墣：尘土。 ③石埭：以石头为原料建造的堤坝。 ④勒：雕刻。 ⑤瑶珉：玉石。

【评析】

诗人由凭吊王祥，联想到王祥卧冰求鲤之事迹，在赞扬王祥孝行的同时，抒发了无论时间如何变化，王祥的孝行永远为世人所铭记的感慨。就艺术特色而言，该诗将静态的孝行与动态的景色结合在一起，描绘了一幅蕴含着浓郁情感的王祥坟前祭拜画卷。

过沂州三首

赵吉士

其一

桑林环绕古琅邪，小市人家响茧车[1]。拥被愁听长夜雨，探春偶见隔篱花。天中日出千峰列，眼下云横百叠遮。世事变更同此幻，独登蒙顶细烹茶。

其二

雪山巉绝②拥冰轮，到眼光风又一新。泽笔池边空有水，散金台畔已无邻。灰心不灼三年艾，扑面难挥九陌尘。记得沙间停使节，冲寒元礼③慰辛勤。

其三

皇穹④春意及纤茸，岳麓云来荡我胸。百吏咸瞻天子气，四年两识丈人峰。山中荒戍新悬鼓，桥上长照尽画龙。应拟泗沂经过日，定然驻跸⑤听寒淙。

【注释】

①茧车：纺车。 ②巉绝：险绝陡峭。 ③元礼：基本的礼仪。 ④皇穹：苍天。 ⑤驻跸（bì）：指古代帝王、后妃等出行时沿途停留暂住。后泛指行人在路途中暂停。

【评析】

诗人经过沂州时，为其美景所吸引，连写三首诗歌。三首诗歌描绘的风景不同，各有韵味。第一首以充满乡土气息的琅琊人家纺车为首，引出诗人雨夜因不能安然入睡而听雨的静态情境描写，以及四处寻觅春色从而得见野花的动态景色描写，最终以诗人的感慨收尾。第二首写冬天的自然景色、洗砚池边的景色及诗人旅途的辛苦。第三首以春景为题，描写沂州一带的美景。就艺术手法而言，这三首诗歌有异曲同工之妙，都是以自然景色为首、情感为尾，首尾呼应，将诗人浓厚的个人情感融入自然景色中。

王　导附贺循顾荣刁协周𫖮

赵士麟[1]

茂弘晋夷吾[2]，声名重江左。大义在灭亲[3]，发丧妙用假[4]。顾荣[5]邦之英，贺循[6]亦儒雅。刁协[7]与顾和[8]，谙练习朝野。导皆任用之，所以克负荷。虽无赫赫名，能弭[9]国家祸。譬如尪羸人[10]，无损即益也。私憾杀伯仁[11]，虽悔究[12]安可。

【注释】

①赵士麟（1629—1699）：字麟伯，号玉峰，河阳（今云南澄江）人。清顺治十七年（1660）中举，康熙三年（1664）中进士。著有《复刀仲熊问河洛书》《复潘明扬先后天问书》《答苏绅公请讲学启》《金碧园记》《河阳山水记》等。②夷吾：即管仲，名夷吾，春秋时期法家代表人物，任齐相，助齐桓公争霸。③大义在灭亲：指王导得知王敦叛乱后，第一时间向晋元帝请罪，与王敦划清界限。④发丧妙用假：指王导听说王敦病重，率众子弟为王敦发丧，大大鼓舞了士气。⑤顾荣：字彦先，两晋时期大臣、名士，是拥护司马氏政权南渡的江南士族首脑。⑥贺循：字彦先，两晋时期名臣，司马睿出镇建业后，贺循应邀为其效力，助建东晋。⑦刁协：字玄亮，东晋大臣。主张抑制强势门阀，在王敦之乱中被杀。精通儒学，谙习典章制度，参与制定了东晋的典章制度。⑧顾和：字君孝，两晋时期江南名士。⑨弭：平息，停止，消除。⑩尪羸人：指瘦弱之人。⑪伯仁：指周𫖮，字伯仁，

两晋时期名士、大臣。 ⑫究：毕竟，到底。

【评析】

永嘉之乱后，晋室南渡，王导协助司马睿立足江南，开发江南经济，礼遇当地士族。他曾说："顾荣、贺循、纪瞻、周玘，皆南土之秀，愿尽优礼，则天下安矣。"大将桓彝与之交谈后，对周顗说："向见管夷吾，无复忧矣。"桓彝将王导与管仲相提并论，故王导又有"晋夷吾"之美名。及至堂兄王敦反叛，王导大义灭亲，坚决拥护晋元帝，并设计给王敦以致命一击。可惜，伯仁在这次叛乱中因为王导的误解被王敦杀死，王导后悔万分，始有"吾虽不杀伯仁，伯仁由我而死"之千古名言。诗歌通过大量史实和典故，全面总结了王导的治国之策，肯定了他的谋略和功绩。诗歌五字成言，语言浅易如话，通俗凝练；夹叙夹议，节奏鲜明，呈现出一种平淡冲和之气。

颜杲卿附真卿杲卿子泉明

赵士麟

二颜真烈士，遣使约举兵。常山①守未备，八日已撄城②。慷慨骂贼死③，凛凛气如生。平原④用李萼⑤，开亭振军声。于时遣信使，间道⑥达神京。河北廿四郡，翕然自此兴。立朝惟正色，天下不敢名。乃为卢杞⑦害，出使陷忠贞。家风世孝友，读史慕泉明⑧。

【注释】

①常山：即今河北省正定县。安禄山叛乱时，颜杲卿与儿子颜泉明镇守此地。 ②撄城：环城，指叛军把城围住。 ③慷慨骂贼死：指安史之乱期间，颜杲卿被叛军俘虏并送至安禄山处，他怒骂叛军，遂被杀。 ④平原：指平原太守颜真卿。 ⑤李萼：字伯高，安史之乱中的著名使臣。安禄山叛乱时，清河郡守派李萼前往平原郡，游说颜真卿与之联合抗敌。 ⑥间道：偏僻的小路或近路。 ⑦卢杞：字子良，唐朝宰相。 ⑧泉明：指颜泉明。

【评析】

诗歌描写了琅琊颜氏家族一门英勇抗击叛军，颜杲卿因此而失去性命的事。开篇“二颜真烈士”奠定了该诗的基调，其后的诗句阐述了将颜杲卿、颜泉明称为真烈士的原因。诗人所用词句简单，但选词精当，恰到好处地将颜杲卿父子奋勇抗击安禄山叛军的事迹进行了描述，同时又激起了读者对他们的敬佩之情。就艺术手法而言，该诗先议后叙，卒章显志，点名颜杲卿父子能够英勇抗敌的原因，同时也表明了诗人对他们的仰慕之情。

地　轴

朱彝尊[1]

地轴[2]连年震，沂州接莒州。春农千里旱，野哭万家愁。

鸿雁惊难定，蛟龙斗未休。更闻城郭外，蜃气[3]接层楼。

【注释】

①朱彝尊（1629—1709）：字锡鬯，号竹垞，又号金风亭长、小长芦钓鱼师，秀水（今浙江嘉兴）人，清代文学家、学者。清康熙时举博学宏词科，除检讨，参与撰修《明史》。著有《曝书亭集》《日下旧闻》《经义考》等。 ②地轴：地球自转的轴线，垂直于赤道平面。 ③蜃气：一种大气光学现象，指由于光线的折射作用，使远处的城郭及楼宇等显现在半空中的现象。

【评析】

1668 年 7 月 25 日晚（康熙七年六月十七日 19 时至 21 时），在山东南部发生了一次特大地震，震级为 8.5 级，极震区位于当时郯城、临沭、莒县一带，震中位置为北纬 34.8°、东经 118.5°（临沭县干沟渊村），极震区烈度达Ⅻ度。由于极震区大部分位于郯城境内，故称为郯城地震。这首诗描述的就是这次地震的情形。诗歌用夸张和比喻的手法再现了地震之后的惨状，惊人心魂。

沂　河

陆　棻[1]

南风[2]摇漾水粼粼，也有撑篙撒网人。毕竟烟波异乡国，白沙平楚[3]浩无垠。

【注释】

①陆棻（1630—1699）：原名世枋，字次友，号雅坪，平湖（今浙江平湖）人，清代学者。著有《雅坪文稿》《雅坪诗稿》等。 ②南风：从南边吹来的风，这里指暖风。 ③平楚：一望无际的原野。

【评析】

该诗描写诗人渡沂河时所见之景物。南风吹拂，摇荡着清澈的河水，水面上波光粼粼，如同碎玉一般闪亮。捕鱼人撑着船，撒着网，一派悠闲自得的神情。此时的美景不由勾起诗人对故乡的回忆。然而，故乡在哪儿呢？眼前只有那一望无际、浩瀚无垠的水面而已。该诗擅长刻画景物，由景入情，情景交融，意境绵邈，对人物心理的刻画细腻充分，是值得一读的好诗。

义堂桥道上

江　闿[1]

知非吴越地，到此颇依然[2]。塔影浮波面，山岚[3]压树颠。秋深闻好鸟，寺僻见孤烟。何日携尊酒，中流觅钓船。

【注释】

①江闿（1634—1701）：字辰六，别号辩牁生，清初著名

词人、诗人。家贫好学，常向亲友借书阅读。著有《江辰六文集》。②依然：依恋。③山岚：山间的云雾。

【评析】

诗人通过对义堂桥上所见风景的赞美，抒发了自己想要归隐的情怀。诗歌首联写诗人虽然知道这里不是吴越的地方，但到了之后还是觉得特别亲切，由此奠定了全诗的情感基调。颔联和颈联用对偶手法，描绘了一个远离尘嚣、祥和自然、安静恬淡的世界：山光、塔影、波面相映成趣，又有鸟语盈耳、寺庙作伴。这么美的地方，让诗人忍不住想有朝一日归隐于此，载酒泛中流。这是诗人在仕途中屡次碰壁后的一种自我慰藉方式，而诗中描述的景色也与诗人努力寻找的灵魂家园相符。

沂　州

曹申吉[①]

细草[②]琅琊道，归云晚渡河。酒红香味重，山碧夕阳多。
鸠语[③]邻荒井，鸦巢恋旧柯[④]。吾庐春色遍，绿可到藤萝。

【注释】

①曹申吉（1635—1680）：字锡余，安丘（今山东安丘）人，清初大臣，曹贞吉之弟。清顺治十二年（1655）进士，官至贵州巡抚。著有诗集《澹余诗集》《黔行集》《黔寄集》《又

何轩诗集》等，另有《南行日记》《澹余笔记》《贵州通志》。②细草：嫩草。 ③鸠语：群鸟聚在一起发出的叫声。 ④旧柯：原来的枝茎。

【评析】

琅琊道上嫩草青青，暮云悠悠哉哉地飘过沂河。杯中酒香扑鼻，青青的山上洒满了夕阳。群鸟聚集在荒井旁叽叽喳喳，乌鸦的巢还在去年的地方。而诗人的住处也绿意盎然，就像一面面天然的藤壁墙。就艺术表现手法来看，该诗重在写景，颜色以绿色为主，色调清新自然，情感昂扬，体现出诗人的愉悦心情。

晓渡沂水

曹申吉

郭[①]色村光浓澹遮，清沂几曲界[②]平沙。草深径僻莺声绝，风动棠梨[③]树树花。

【注释】

①郭：围着城的墙，这里指城邑。 ②界：毗连，连接。③棠梨：多年生落叶乔木，蔷薇科梨属，别名鹿梨、野梨、鸟梨、酱梨等。

【评析】

该诗描写了诗人渡沂水时见到的情景：远处，城市、村庄在或浓或淡的烟霭中隐约可见；近处，清澈的沂河水缓缓流淌，绕过了几个弯，水下黄沙如此清晰，就像和水相连接一般；再近处，草深路偏，连黄莺的声音都没有，只剩下风吹棠梨的声音以及梨花片片而落的声音。诗人擅长描写景物，特别擅长描写幽静的自然景物，将远景与近景结合、动景与静景结合，刻画出一幅远离世俗喧嚣的自然画卷，颇得唐代柳宗元、韦应物一脉之精髓。

半城村

嵇永仁①

夏雾野冥冥②，琅琊枕北屏。迎眸沂水白，回首鲁山青。老妇卖春茧，贫农仗雨灵。半城村市罢，初地③读碑铭。

【注释】

①嵇永仁（1637—1676）：一作稽永仁，初字匡侯，改字留山，号抱犊山农，清代文学家、戏曲作家。著有《百苦吟集》《抱犊山房集》《东田医补》，另有传奇《扬州梦》《双报应》、杂剧《续离骚》等。 ②冥冥：不明亮，这里指雾蒙蒙的样子。 ③初地：佛教寺院。

【评析】

该诗描绘了半城的山水风景之美，以及村市的热闹景象。诗歌中间两联对仗工整，诗人通过“迎眸”“回首”的动作主动入镜，用“青”和“白”表现了山水的纯净；“老妇”与“贫农”则把视野从山水拉向人事，表现了村市的热闹。诗歌尾联描写村市结束后，诗人在寺庙里静静地读碑铭的场景，侧面反映了半城的人文历史悠久。该诗语言晓畅易懂，节奏明快，朗朗上口。

沂州道上

郑　梁[1]

曲折溪流度几湾，黄沙清水足开颜。不晴不雨阴偏暖，时下时高地尽山。得句岂知多病后，忘家[2]只在好峰[3]间。程程[4]跋涉都如此，逐队[5]公车[6]兴自闲。

【注释】

①郑梁（1637—1713）：字禹梅，初号香眉，后号因亭、踽庵、寒村，清初浙东史学派学者。著有《寒村诗文集》等。②忘家：忘记回家。　③好峰：景色优美的山峰。　④程程：旅途。　⑤逐队：随众而行。　⑥公车：入京参加会试的举人所坐的车，亦指应试的举子。

【评析】

诗歌首联描写了诗人在沂州道上所见的弯弯曲曲的溪流，溪水曲折回环处多见河湾，清澈的溪水与细腻的黄沙相映生辉。颔联描写了当时阴云满布但暖和的天气、高低交替的山路。颈联写佳句总在病后才会有，优美的山色让人流连忘返甚至忘记回家的路。尾联写诗人的旅途中到处都是这样的美景，诗人虽然随众而行，但是依然能够尽兴观景。就艺术表现手法而言，该诗重在写景，突出了沂州道上的水景、山景之美。诗人用夸张的修辞手法展现了这些景色的极致之美后，卒章显志，表达了自己宽阔、闲适的胸襟。

沂州口号①

汪懋麟②

沂水城东桥畔树，斜阳系马记曾来。行人③问我何相熟④，此地经过第九回。

【注释】

①口号：古诗中常用标题，表示随口而成，也称作“口占”。 ②汪懋麟（1640—1688）：字季角，号蛟门，江都（今江苏扬州）人，清代学者。著有《百尺梧桐阁集》。 ③行人：外出远游的人，此处指与诗人同行的人。 ④相熟：熟悉。

【评析】

诗歌描述了诗人经过沂州时被美景打动之事。诗人将马系在沂水城东桥畔的一棵树上，欣赏落日余晖的同时，也将周围的景观一一介绍给同行的人。同行的人问他为什么如此熟悉这里的景色，诗人说自己已先后九次经过沂水。就艺术表现手法而言，该诗写景与叙事相结合，既描绘出一幅鲜明生动的沂水桥畔夕阳图，又使客观的景、事与诗人的主观情绪和谐融合，最终塑造出意境恬然、意蕴深厚的诗境。

沂州道中

彭定求①

沂水蒙洄②势未湍③，尘沙滚滚扑征鞍。雪消转觉西风急，日霁④偏惊北地寒。闲里每容春服⑤制，客中如听瑟声弹。道傍未解幽人⑥意，也作轮蹄队⑦里看。

【注释】

①彭定求（1645—1719）：字勤止，一字南畇，号访濂，长洲（今江苏苏州）人。清康熙十五年（1676）状元，授翰林院修撰，历官翰林院侍讲。著有《阳明释毁录》《儒门法语》《南畇诗稿》等。 ②蒙洄：水流回旋的样子。 ③湍：急流。 ④日霁：天气晴朗。 ⑤春服：春天穿的衣服。 ⑥幽人：幽居之人，隐士。 ⑦轮蹄队：车马队伍。轮，车轮。蹄，马蹄。

【评析】

沂水水流回旋但水势温和，寒风夹裹着尘沙向着诗人而来。冬雪虽然已经融化，但是寒冽的西风依旧势头十足，晴朗的天气到底是惊动了寒冷的北方。诗人已经迫不及待地在空闲之余就制作春天的服装，美妙的琴瑟之音温暖着旅途中的行人。如此意境，匆忙的行人经常无法体会到它的美好。就艺术表现手法而言，该诗写景与抒情并重，“沂水蒙洄势未湍”“尘沙滚滚扑征鞍”“雪消转觉西风急”“日霁偏惊北地寒”四幅动态画面使诗歌具有了生命力，也使诗人迫不及待想迎接春天的景色。诗歌前两联和后两联相互呼应，表现了诗人身在旅途仍不忘欣赏美景的淡泊、从容心情。

沂州道中早行

王鸿绪[①]

晓色来青嶂[②]，行装趁客群。吟鞭摇落月，驱马入寒云。远近车铃应，高低野烧分。儒生[③]夸道路，羽箭似能军。

【注释】

①王鸿绪（1645—1723）：初名度心，字季友，号俨斋，别号横云山人，华亭（今上海松江区）人。清康熙十二年（1673）进士，二十一年（1682）充《明史》总裁。著有《横云山人集》等。 ②青嶂：像屏障一样的青山。 ③儒生：读书人。

【评析】

该诗描绘了一幅行人骑马晓行图景。在诗人的笔下，万物变得灵动十足：一个“来”字刻画出拂晓主动揭开青山面纱的灵性，“摇”字写活了早上月亮落下去的景色，“应”字写出了车队遥相呼应的和谐。就艺术表现手法而言，该诗寓情于景，将诗人的主观感受赋予自然景色，使之具有了人格并与诗人敏感、多情的心融合在一起，使常见的行人晓行情景更加鲜活、生动。

临兰亭书后

陈奕禧[①]

临罢兰亭墨汁香，闲情一榻[②]到羲皇[③]。蝉声入耳初无著[④]，自觉帘前白日长。

【注释】

①陈奕禧（1648—1709）：字六谦，又字子文，号香泉，晚号葑叟，海宁（今浙江海宁）人，清代书法家。著有《金石遗文录》《春蔼堂集》《皋兰载笔》等。 ②榻：长而矮的床，这里指睡觉。 ③羲皇：伏羲氏，古代传说中的“三皇”之一。 ④著：显著。

【评析】

诗歌描述了诗人临摹《兰亭序》后的情态，从侧面反映了《兰亭序》非常卓越的怡情功能。正是因为《兰亭序》的优美，所以诗人才会在心理上认为墨汁有香的感觉，这是艺术欣赏后的一种感觉转移，客观上反映了被欣赏的物品所具有的独特魅力。正是这种独特的魅力，使诗人心情闲适，不自觉地进入了梦乡，似乎梦见了古代的圣人。蝉声似乎并没有让诗人感觉到烦躁，只是让诗人觉得似有似无，这种感觉显然是诗人由于欣赏《兰亭序》而带来的恬淡心境的一种延续。也正是这种恬淡的心境，才使诗人于不知不觉中度过了较长的时光。这首诗歌，语言平易自然，善于使用通感、梦境与其他知觉，想象丰富，耐人寻味。

卧冰求鲤

张　潮[①]

瞻望母兮[②]，昊天罔极[③]。必河之鲤，以为酒食。迨冰未泮[④]，辗转反侧。鱼跃于渊，实维我特[⑤]。溉之釜鬵[⑥]，汔可小息[⑦]。

【注释】

①张潮（1650—约1709）：字山来，号心斋居士，清代文学家。原居婺源，十世祖于北宋天圣六年（1028）迁居歙县之满田。著有《心斋聊复集》。　②瞻望母兮：出自《诗经·魏风·陟岵》。瞻望，登高眺望。　③昊天罔极：出自《诗经·小雅·蓼莪》。昊天，苍天。罔极，没有穷尽。比喻对父母的思念无穷无尽。　④迨冰未泮：出自《诗经·邶风·匏有苦叶》。迨，等到。泮，融解。　⑤实维我特：出自《诗经·鄘

风·柏舟》。特，配偶。维，在此应作“乃”“是”义讲，通“为”。 ⑥溉之釜鬵（xín）：出自《诗经·桧风·匪风》。溉，旧释为洗。闻一多《风诗类钞》则认为溉通“摡”，而“摡同乞，给予也”。釜、鬵，皆古代炊具。 ⑦汔可小息：出自《诗经·大雅·民劳》。汔，接近，庶几。

【评析】

诗歌起句将对母亲的思念比作苍天之浩渺无穷，为后文叙述的展开做好了铺垫。母欲食鲤，冰天雪地，雪未消融，孝子辗转不眠。至孝感天动地，鱼儿跃出河面扑入孝子怀中，这实在是上天的馈赠啊！将鲤鱼做成鲜美的鱼汤奉上，可以暂时休息了。该诗最大的艺术特色是，几乎全部择取《诗经》中的名句，或引用或化用，再以王祥卧冰求鲤的典故加以串联，构成新的诗歌内涵，彰显了诗人深厚的文学素养和文化底蕴。

沂州道中

王奂曾[①]

何事恶声[②]促客装，离愁真共水山长。绕朝赠策[③]术迂阔[④]，祖逖着鞭[⑤]事渺茫。茅屋村村门径转，林花处处野风香。马蹄且信征尘去，沂水春光在道旁。

【注释】

①王奂曾（1651—1735）：字元亮，号诚轩（一作诚斋），

别字思显。清康熙八年（1669）举人，康熙十五年（1676）进士，官至湖广道监察御史。著有《旭华堂文集》。 ②恶声：恶声恶气，指凶恶、愤怒的声音。 ③绕朝赠策：有先见之明的谋划，也形容临别友人赠行。典出《左传·文公十三年》：“绕朝赠之以策，曰：‘子无谓秦无人，吾谋适不用也。’既济，魏人噪而还，秦人归其帑，其处者为刘氏。”杜预注：“策，马挝，临别授之马挝，并示己所策以展情。绕朝，秦大夫。” ④迂阔：思想及言论不切实际。 ⑤祖逖着鞭：劝勉别人努力进取。典出《晋书·刘琨传》：“琨少负志气，有纵横之才，善交胜己，而颇浮夸。与范阳祖逖为友，闻逖被用，与亲故书曰：‘吾枕戈待旦，志枭逆虏，常恐祖生先吾著鞭。’”

【评析】

诗歌描述了诗人在沂州道中被人恶声恶气催促，整理行装出发，由此联想到自己的抱负，心灰意冷之际，却看到沂州道路边的美景之事。该诗在艺术表现上，叙事、抒情、写景三者兼备，由事到情，由情到景，再寄情于景，表达了诗人苦闷却不纠缠其中的情绪。该诗先抑后扬，使诗人仕途不顺的苦闷在清新、幽静的自然景色中得到了释放。

沂州道中

查嗣瑮[①]

野桥[②]欲坏泥重补，决决[③]清沂[④]带浅沙。知有黄鹂无酒听，绿杨围住一园花。

【注释】

①查嗣瑮（1652—1733）：字德尹，号查浦，海宁（今浙江海宁）人，清代官员。清康熙三十九年（1700）进士，散馆授编修，升至翰林院侍讲。著有《查浦诗钞》《查浦辑闻》《音韵通考》《唐人万首长律》等。 ②野桥：简陋、方便易行的小桥。 ③决决：水流的样子。 ④清沂：水流清澈的沂河。

【评析】

诗歌描述了诗人在沂州道中见到的美景：简陋的小桥、清澈的沂河、河底的细沙、黄鹂、绿杨、鲜花，诸种朴素自然的景物构成一幅闲适、静谧、优美的风景图。就艺术表现手法而言，该诗重在写景，“野”字奠定了全诗重在自然风景的基调，也暗示出诗人旅途中的闲适、悠然心态。

雪夜访戴[①]

王崇炳[②]

子猷本清狂[③]，高旷[④]脱尘网。人怀寂不欢，雪意浓方酿。坐念戴安道，苍茫结遥想。相思不待旦，中宵[⑤]理双桨。徘徊玉树林[⑥]，转侧银砂[⑦]壤。鸡犬寂无声，幽人自孤往。始知万壑奇，益觉千岩爽。仓猝动归兴，浩然不可枉。相契[⑧]在忘言[⑨]，何用接音响。

【注释】

①雪夜访戴：《晋书·王徽之传》载，王徽之（字子猷）"尝居山阴，夜雪初霁，月色清朗，四望皓然，独酌酒咏左思《招隐诗》，忽忆戴逵。逵时在剡，便夜乘小船诣之，经宿方至，造门不前而反。人问其故，徽之曰：'本乘兴而行，兴尽而反，何必见安道邪！'" ②王崇炳（1653—1739）：字虎文，号鹤潭，东阳（今浙江东阳）人。著有《金华文略》《学耨堂文集》《学耨堂诗稿》《广性理吟》等。 ③清狂：放逸不羁。 ④高旷：豁达开朗。 ⑤中宵：中夜，半夜。 ⑥玉树林：白雪覆盖的树林。唐李白《对雪献从兄虞城宰》："庭前看玉树，肠断忆连枝。" ⑦银砂：比喻白雪。前蜀韦庄《夜雪泛舟游南溪》："两岸严风吹玉树，一滩明月晒银砂。" ⑧相契：相合，相交深厚。 ⑨忘言：指不以语言为媒介而相知于心的友谊。《晋书·山涛传》："后遇阮籍，便为竹林之交，著忘言之契。"

【评析】

诗歌写王子猷雪夜访戴的故事，表现子猷的清狂脱俗。在这首诗歌中，诗人展开丰富的想象，描摹子猷雪夜想念戴逵，一时兴起，半夜前往戴逵处的情景。世人往往无法理解子猷：雪夜严寒，千辛万苦到了戴逵门前，却不见戴逵而返，岂不可惜？但子猷"乘兴而行，兴尽而反"，洒脱任性到极致，他的行为早已摆脱世俗"有用"论的束缚，完全遵从本心。子猷所在意的是自己内心的感受，但这是很多人难以做到的，人们太在乎世俗眼光，所以无法像子猷一样有惊世脱俗之举。诗人对子猷此举极为赞赏，他认为，戴逵、子猷二人若是知音，即使不交一言，也会了解对方所想。诗歌在艺术上以叙事、议论结篇，语言精练，想象丰富。

王祥王览[①]

周在建[②]

琅邪至孝传，休徵与玄通。鱼雀岂无异[③]，抱树犹可风。非理弟与俱，虐使妻亦同[④]。吕虔赠佩刀，服此登三公[⑤]。

【注释】

①王览：字玄通，琅琊临沂（今山东临沂）人，“二十四悌”之一“王览争鸩”典故主人翁，王祥同父异母弟。 ②周在建（1655—?）：字榕客，号西田，祥符（今河南开封祥符区）人。清康熙五十四年（1715）前后尚在世。著有《近思堂诗》。 ③无异：指没有差异。 ④非理弟与俱，虐使妻亦同：《晋书·王览传》：“朱屡以非理使祥，览辄与祥俱。又虐使祥妻，览妻亦趋而共之。”非理，不合常理，不讲道理。俱，一起。 ⑤吕虔赠佩刀，服此登三公：《晋书·王览传》：“初，吕虔有佩刀，工相之，以为必登三公，可服此刀。虔谓祥曰：‘苟非其人，刀或为害。卿有公辅之量，故以相与。’祥固辞，强之乃受。”

【评析】

诗歌的首联是对本诗主旨的概括，即歌颂王祥、王览两兄弟的孝悌之德，以及传世至今的美名。颔联以精练的语言概括了王祥寒冬捕鱼侍奉后母、风雨天抱李树痛哭的典故。颈联指出后母虽然苛待王祥夫妻，但王览夫妻与哥嫂患难与共，感人至深。尾联指出王祥福泽深厚，苦尽甘来，最终位列三公。从艺术层面讲，诗歌语言凝练，结构紧致，善用典故，诗人的思想倾向蕴含其中，显而不露。

再渡沂水憩林中作

汤右曾①

屡问渔人渡，若为林叟②期③。微波沙濑④激，茂树午阴移。花影宿蝴蝶，川光隐鹭鸶⑤。遥遥白云岭，心忆入山迟。

【注释】

①汤右曾（1656—1722）：字西厓，仁和（今浙江杭州）人。清康熙二十七年（1688）进士，官吏部侍郎。工行楷，诗与朱彝尊齐名。著有《怀清堂集》。 ②林叟：居住在山林中的老人。 ③期：希望，期待。 ④沙濑：沙石上的水流。 ⑤鹭鸶：白鹭。

【评析】

诗人于沂河岸边多次询问渡口所在，并不由自主地来到山林中，就像被林中的老人期待着一般。随后，在林中的绿荫下，诗人看到沙石上的水流清澈见底，微波荡漾，蝴蝶在花间自由飞舞，鹭鸶鸟儿在波光粼粼中若隐若现，真是好一派美好的田园风光。远处，山岭和白云交相呼应，诗人不由得回忆起自己迟迟入山的情景。诗人对景物的观察细致入微，描摹生动灵活。诗歌语言通俗易懂，凝练明快，结构上由叙述到写景，由近景到远景，由写景到抒情，情中有景，景情相生。

义棠镇夜雪

庞　垲[①]

薄暮气凄凄，阴云压岭低。春寒生稷雪[②]，驿古入山溪。吾道将焉往，乡心只自迷。欲眠眠不稳，喔喔听村鸡。

【注释】

①庞垲（1657—1725）：字霁公，直隶任丘（今河北任丘）人。清康熙十四年（1675）举人，试鸿博，授检讨，分修《明史》。著有《丛碧山房诗集》。　②稷雪：下雪前或下雪时天空中落下的小冰粒，即霰。因圆圆的像稷粒，所以称稷雪。

【评析】

春暖还寒，薄暮时节，阴云压岭，驿路逢雪，前途渺茫。

诗人思归心切，半夜卧听鸡啼。整首诗语言朴素自然，若平常语，但营造的阴冷惨淡之感袭人而来。该诗完全符合诗人在《诗义固说》中所提倡的淳发自然的做法：“作诗任真而出，自有妙境。”该诗情景交融，所有景语都是情语，那些寒凉、凄冷的意象都如诗人的心境，这从他无法入眠、卧听鸡啼中可以感受到。

半城道中

徐用锡[1]

自觉烟峦[2]嫩，偏怜露草新。疏星迎陌柳，残月趁墟人。耳顺[3]乡音近，身闲懒意[4]真。风埃[5]浑不厌，知是到家尘。

【注释】

①徐用锡（1657—1736 以后）：字坛长，号鲁南，又号昼堂，宿迁（今江苏宿迁）人。清康熙四十八年（1709）进士，官翰林院侍读。著有《圭美堂集》。 ②烟峦：云雾笼罩的山峦。 ③耳顺：顺耳。 ④懒意：无意于世事。 ⑤风埃：被风吹起的尘土。

【评析】

本诗主要描述了诗人在半城道上所见之景，抒发了诗人回乡途中的欣喜之情。诗歌的前半部分用通感、拟人等手法描写了路途中的风景，星月似乎都有了人的感情，在迎接，在窥探。后半部分主要表现了诗人临近家乡时欢欣雀跃的心情，相近的乡音听起来那么亲切，诗人归心似箭，在扬起的尘土中都嗅出了乡土的气息。

过王逸少泽笔池

邵　士[1]

城边荒泽动流澌，内史[2]当年洗笔池。横跨石桥烟远近，高临宝刹树参差。永和胜迹余残碣，大令[3]遗文剩断碑。往事至今堪揽结[4]，临流几度寄深思。

【注释】

①邵士：清顺治、康熙年间在世。清代浙江萧山人，生平不详。　②内史：指王羲之。羲之曾任会稽内史。　③大令：指王献之。《晋书·王珉传》：“（王珉）代王献之为长兼中书令。二人素齐名，世谓献之为‘大令’，珉为‘小令’。”　④揽结：以手摀取。这里指可以想见。

【评析】

泽笔池即洗砚池。金皇统四年（1144）仲汝尚撰《沂州普照寺兴造记》载：“当子城之西南，有古台岿然出于城隅。台之西复有废池流潦潴焉。耆旧相传，台曰晒书，池曰泽笔，其地盖东晋右将军王羲之逸少故宅也。”本诗写诗人路过书圣王羲之洗砚池时的深沉感慨。远近有石桥掩映，宝刹古树环抱，洗砚池人迹罕至。诗人身在故迹，感慨今昔。遥想当年，兰亭唱和，世所称赏；父子泼墨，声名远播。书圣家族的贵族气质、名士风流可谓当世之冠。如今王氏家族的繁华已成过眼云烟，触目所及皆是断碑残碣。诗人在饱含深情的叙述中，传达出对美好事物不能永存的惋惜之情，表达了物是人非的感慨。诗歌对仗工整，格律严谨，基调深沉。

右军墨池亭次张鹤湄郡伯韵

詹　贤①

半亩无波水自渟②，春光淘洗丘踈椇。草茵③散绿芬盈座，石碣④流丹⑤韵浇亭。舞凤⑥当年夸绝技，笼鹅此日忆芳型。薪传⑦脉脉泉同沸，逸少相逢眼倍青⑧。

【注释】

①詹贤（1663—1727 以前）：字左臣，一字铁牛，号耐庄。清康熙二十四年（1685）拔贡，后授德化教谕。雍正二年（1724）拜官国子监学录，后补光禄寺署正讲书。著有《詹铁牛文集》《詹铁牛诗集》《詹铁牛诗续集》。　②渟：水积聚而不流动。③草茵：平整如茵的绿草地。　④石碣：石碑。　⑤流丹：流动着红色。形容色彩飞动。　⑥舞凤：比喻书画用笔生动矫健。⑦薪传：即薪尽火传。《庄子·养生主》：“指穷于为薪，火传也，不知其尽也。”成玄英疏：“穷，尽也。薪，柴樵也。为，前也。

言人然火用手前之，能尽然火之理者，前薪虽尽，后薪以续，前后相继，故火不灭也。”后用“薪尽火传”比喻师生传授，学问一代一代地流传。 ⑧眼青：即青眼，眼睛正着看，黑色的眼珠在中间。指对人喜爱或重视，与“白眼”相对。

【评析】

该诗写诗人游览右军墨池亭时的所观所感。在一个春光明媚的日子，诗人来到墨池亭。此处景色宜人，墨池水静无波，四周芳草如茵，处处洋溢着春天的气息与生机。诗人坐在亭中，欣赏石碑上留存的书圣墨迹，敬仰之情油然而生，恍惚间如同穿越时空，回到了书圣的时代。王羲之当年博采众长，苦练书法，并由白鹅形态受到启发，领悟书法奥妙，终于以卓绝的书法成就独领风骚，流芳百世。该诗艺术上表现为写景与抒情相结合，韵律和谐，对仗工整，感情充沛。诗歌于看似朴实无华的字里行间渗透着诗人对王羲之由衷的仰慕之情。

沂州道上

傅仲辰①

一鞭迎落照，草色带微醺②。山断重云③补，林深古寺分。归禽余睍睆④，游女⑤尚纷纭⑥。堪笑长途客，劳劳⑦若不闻。

【注释】

①傅仲辰（1674—?）：字苍野，又字心孺，号晓塘，山阴

（今浙江绍兴）人。诸生，曾官山东主簿。著有《心孺诗选》，有诗《过趵突泉》等。 ②微醺：微醉。 ③重云：层层叠叠的云。 ④晛睆（xiàn huàn）：明媚美好的样子。 ⑤游女：出游的女子。 ⑥纷纭：众多。 ⑦劳劳：忙碌。

【评析】

诗歌描写了傍晚时分山林的美景，以及回巢的鸟儿声音清脆、出游的女子游行正浓的景与事，诗末点明由于长途跋涉，诗人对此视若无睹，反衬出诗人的劳苦。就艺术表现手法而言，该诗先以白描手法勾勒傍晚时分山林中的美景，后以叙事的方式点明诗人长途跋涉的辛苦。美景与诗人的辛苦形成鲜明的对比，两者互相烘托，使诗人的情绪得到了婉转的呈现。

孝　河沂州城外有王祥故里碑

丁有煜①

血性留千古，王祥有孝河。至今鱼出处，犹为母来多。冰窖寻遗迹，荒碑没短萝。居人还好事，指点下危坡。

【注释】

①丁有煜（1682—?）：字丽中，一字介堂，号石可，晚号个道人，清代著名画家、诗人。善水墨画及摹印，尤长画梅。著有《双薇园集》。

【评析】

本诗通过孝河怀古，歌颂了王祥卧冰求鲤的事迹以及沂州当地居民的热情好客。诗人运用夸张、对偶等修辞手法，表现了王祥孝义思想的源远流长、惠泽后世。诗歌语言简洁流畅，通俗易懂。

过鹅庄一带

许承家[①]

眼底风光好，行人兴转长。云霞摇远岫[②]，车马下斜阳。欲访诗书迹，谁为俎豆[③]乡。只今淳朴意，小憩胜康庄[④]。

【注释】

①许承家：清康熙年间在世。字师六，号来庵，江都（今江苏扬州江都区）人。清康熙二十四年（1685）进士，授翰林院编修。著有《猎微阁诗集》。 ②远岫（xiù）：远处的峰峦。 ③俎豆：古代祭祀、宴飨时盛食物用的礼器。后引申为祭祀、崇奉。 ④康庄：四通八达的大路。

【评析】

诗人路过鹅庄，看到夕阳西下时的秀丽乡村风光，突然变得兴趣盎然，一边欣赏优美的自然景色，一边寻访古人的遗迹。在这一过程中，他还体会到民风的淳朴，并在诗歌最后一句以议论作结，认为这比走康庄大道多了许多情致，正所谓曲径通幽，从而进一步肯定了鹅庄一带人文与自然环境的和谐优美。此诗没有细致描写鹅庄的美，但是通过诗人反复渲染强调，鹅庄的美也变得具体可感。

王 导

张曾庆[①]

元帝[②]中兴业，匡扶赖王导。中原云扰[③]剧，江右[④]正名号。广揽旧人物，宽和知政道。王敦与苏峻[⑤]，逆贼胥[⑥]荡扫。无储无重帛[⑦]，淡宁独啸傲。卿相历三世，令名[⑧]终浩浩。

【注释】

①张曾庆：清康熙年间在世。华州（今陕西渭南华州区）人。清康熙三十年（1691）进士，曾任翰林检讨，重建华山书院。著有《静庵草》。 ②元帝：指晋元帝司马睿，东晋的开国皇帝。 ③云扰：像云一样纷乱，比喻动荡不安。 ④江右：地理名词，“江”特指长江，古人称江东为江左，江西为江右。 ⑤王敦与苏峻：皆为两晋时期的将领、叛臣。 ⑥胥：副词，都，皆。 ⑦无储无重帛：无储，指没有积蓄。重帛，指两件或两件以上的绸衣。 ⑧令名：指美好的声誉。

【评析】

诗歌开篇便强调王导扶持晋元帝的丰功伟绩，是对这位三世卿相的高度肯定。随后通过对史实的再现，具体阐述王导之谋、之功：迁离中原，移镇江南；优礼当地士族，收揽人心；清扫逆贼，压平叛乱。种种英明的举措使东晋政权得以稳定，晋元帝得以立足江南。虽然王导功绩显赫，但他淡泊名利，追求逍遥自在的生活，令诗人敬佩不已。艺术上，此诗五言成句，结构紧凑，客观史实和主观评价相结合，夹叙夹议，饱含诗人对王导的敬佩之情。

入沂州府界

诸 锦[1]

磊落[2]启曙星[3]，洸洋[4]秋水渡。牵驴上船去，仆引沙际[5]行。居人睡未醒。

【注释】

①诸锦（1686—1769）：字襄七，号草庐，秀水（今浙江嘉兴）人。清雍正二年（1724）进士。著有《绛跗阁诗集》《毛诗说》《补飨礼》《夏小正诂》等，并辑浙中耆旧诗为《国朝风雅》。 ②磊落：形容明亮的样子。 ③曙星：晨星。 ④洸洋：动荡闪光的水波。 ⑤沙际：沙滩边。

【评析】

诗歌描述了诗人清晨进入沂州界后所见之景与事。诗人从晨星说到秋水、从天空说到大地，展现了自己进入沂州界时的喜悦之情。诗歌表达了诗人以驴为陆路交通工具，并有仆人相伴的旅途生活的惬意。末句“居人睡未醒”则点明了诗人出行之早。就艺术表现手法而言，该诗开篇写景，随后叙事，在自然的视角转换中展现诗人晨行时的美妙心境。诗歌虽短，但每句都描写了一幅景色，这些景色各自独立，又互为补充，从不同的角度勾勒出一幅静谧却不失灵动的水畔晨行图。

两渡沂水

鲍　鈖[1]

一水纡回两唤舟，青山点点过沂州。眼前何限春风意，欲浣[2]征尘不自由。

【注释】

①鲍鈖（1690—1748）：字冠亭，号辛甫，别号信目堂主人，应州（今山西应县）人。清康熙五十四年（1715）贡生，官长兴县令，乾隆十二年（1747）官嘉兴海防同知。著有《稗勺集》《道腴堂诗编》《道腴堂诗续》等。　②浣：洗涤。

【评析】

该诗描写诗人渡过沂河时的所见所感。诗人叙述自己越过点点青山来到沂州，又来到沂河边，想要呼唤船家渡过这曲折迂回的沂河。正值春天时节，河水清澈，诗人想要洗涤满身的征尘，怎奈来去匆匆，身不由己。诗歌语言清新活泼，通俗易懂，于浅显之中将情与景紧密结合，情中有景，景中有情，耐人寻味。

游琅琊桃花源

黄图珌[1]

偶来桃花源，恍惚入仙境。境净无纤尘[2]，源长有万顷。晚风刮衣寒，清泉漱齿冷。禽鸟声不喧，山容[3]清且静。逍遥忘岁月，我乐兹[④]风景。

【注释】

①黄图珌（1700—?）：字容之，号守真子、蕉窗居士，华亭（今上海松江区）人，清代剧作家。有传奇《雷峰塔》《解金貂》《温柔乡》《栖云石》，尚有《看山阁南曲》《看山阁集》等作品。②纤尘：微尘。 ③山容：山里的环境。 ④兹：这。

【评析】

诗歌描述了诗人游览琅琊桃花源时所见的美景，并由美景生美情，构建了清逸脱俗的诗歌意境。该诗在艺术表现手法上，开门见山指出桃花源是仙境，随后分述自己在桃花源所见到的景致。诗末点题，用诗人游览桃花源忘记时间一事，衬托、升华桃花源景色之美，不负仙境之称。

兰山道中

杨锡绂[①]

疏篱[②]小圃野人家，到眼春光不在花。驰道[③]远瞻云际路，溪流新漾[④]雨余沙。风前待啭林莺舌，雪后微青陇麦芽。直到桥头还眺望，远山重叠夕阳斜。

【注释】

①杨锡绂（1700—1768）：字方来，号兰畹，清江（今江西樟树）人，清代大臣。清雍正五年（1727）进士，授吏部

主事，累迁郎中。兴水利、平边患，许禁陂塘改垦，政绩卓著。著有《漕运全书》《四知堂文集》等。 ②疏篱：稀疏的篱笆墙。 ③驰道：古代供君王行驶车马的道路，后来泛指供车马驰行的大道。 ④漾：水流溢出。

【评析】

此诗描写诗人在兰山道中所见到的春日美景。稀疏的篱笆，小小的园圃，坐落在原野中的房屋，好一派明媚的春光图景。远处是一望无际的道路，与天相连。近处，溪流在流淌，水流溢出，清澈的水面下是静静的沙子。耳中听到的，是鸟儿婉转歌唱的声音。田垄里，麦苗在雪后返青，透露着丰收的信息。这一切，都让诗人流连忘返。诗人擅长写景，写景由近及远，由眼中所见至耳中所闻，多种感觉器官调动，共同来欣赏眼前的美景。该诗表露出诗人闲适淡雅的情怀，尽管诗人处在鞍马劳顿之中，但是春天的美景依然让诗人诗兴大发。

沂州晓行

沈大成[①]

腷膊[②]鸡声动，纵横马足忙。平沙[③]连积水，远树透微阳。渐与家乡近，转嗟道路长。使君[④]新领郡，符竹[⑤]有辉光。

【注释】

①沈大成（1700—1771）：字学子，号沃田，华亭（今上

海松江区）人。清康熙时诸生，校定书籍颇富。著有《学福斋集》《学福斋诗集》。 ②腷膊：拟声词，形容鸡尾巴摆动或鼓翅的声音。 ③平沙：平整的沙滩。 ④使君：对官吏的敬称。 ⑤符竹：指郡守官员的职权。

【评析】

诗歌描述了诗人拂晓时分赶路的情形。早上公鸡报晓时，诗人已经踏上了回乡的路。平整沙滩上的积水、林中闪烁的晨光，让诗人回乡的心情更为迫切。但是诗人作为刚上任的郡守，回乡自然成为奢望。艺术上该诗叙事与写景结合，既点明了诗人清晨赶路之事，又写出了清晨清新、自然的风景之美。诗末用议论的方式，表达诗人想回家乡而不得的遗憾。

沂州道中

徐昂发[①]

水敛沙洲[②]出，天围朔野[③]宽。古坟当路裂，健鹘[④]逆风盘。牧远牛羊小，村荒枣棘寒。缁尘[⑤]休拂拭，远道正漫漫。

屡向潢污[⑥]渡，频逾陇畷[⑦]行。戍空寒烧入，路改断桥横。云冻千山影，风号万木声。人烟梨枣畔，隐隐见沂城。

沂水微微漫，河梁窄窄通。鱼沉寒砾罅[⑧]，日碎缬波[⑨]中。沙白晴疑雪，鸦喧暮欲风。翻思春水涨，十幅挂高篷。

家家塘水涸，处处棘篱长。山色晴开雾，人声晓带霜。荒原经烧黑，病叶堕风黄。欲问征夫意，愁如毂[⑩]转肠。

【注释】

①徐昂发：清康熙年间在世。字大临，号畏垒山人，长洲（今江苏苏州）人。清康熙三十九年（1700）进士，改翰林院庶吉士，散馆授编修，充福建乡试副考官，迁提督江西学政。著有《乙未亭诗集》《畏垒山人诗集》。 ②沙洲：水流中沙土聚集而成的小片土地。 ③朔野：北方的荒郊野外之地。 ④鹖：古书中提及的一种青黑色、短尾的鸟。 ⑤缁尘：尘土和汗水。 ⑥潢污：聚积在一起的不流动的水。 ⑦畷（zhuì）：田间小道。 ⑧砾罅（xià）：沙石的缝隙。 ⑨缬波：波光粼粼的水面。 ⑩毂：车轮的中心部分，代指车轮。

【评析】

诗歌描述了诗人在沂州道中的所见所闻。就艺术表现手法而言，该诗重在写景，情随景而发。随着诗人的行进，路上的景色纷纷进入诗人的笔下，使该诗形成了移步换景的动态景色描写特色。该诗基调沉郁，在诗人笔下，所有的事物都被赋予了悲伤、萧瑟的色彩，这些寂寥的景色体现了萦绕在诗人身上的疲劳、愁苦等消极情绪。

琅琊书院谒王右军祠

沈廷芳[①]

旧识郎邪[②]称剧郡[③]，今邻弦诵亦苍凉。晒书台圮[④]烟埋寺，洗研池存水拍塘。东晋风流余此地，南朝人物剩空堂。频来荐藻钦丰裁[5]，手抚残碑又夕阳。

【注释】

①沈廷芳（1702—1772）：字畹叔，号椒园，仁和（今浙江杭州）人，清代学者、藏书家。著有《隐拙斋集》《鉴古录》《理学渊源》《十三经注疏正字》《续经义考》。 ②郎邪：即琅琊，临沂古称。 ③剧郡：大的城市。 ④圮：毁坏，倒塌。 ⑤丰裁：风纪。

【评析】

诗歌描述了诗人在琅琊书院拜谒右军祠堂时的所见所感。诗人将苍凉的景色与自己的多情结合在一起，不言伤悲却更胜伤悲。就艺术手法而言，该诗首尾呼应，在对不同景色的描摹中，间接表现出诗人睹景怀古的情思。该诗语言凝练，章法严密，意象丰富，情感丰盈，极好地体现了诗人的精神世界。

洗砚池

秦文超[1]

半亩方塘水，时闻墨沈[2]香。顾兹一片石，千古自光芒。花逐轻云落，鱼依密藻藏。幽情[3]殊[4]未已[5]，应与碧流长。

【注释】

①秦文超：清康熙年间在世。字伟士，清康熙四十一年

(1702) 举人。著有《涵村诗集》。 ②墨沈：墨汁。沈，同“沉”。 ③幽情：深远而高雅的情思。 ④殊：特别。 ⑤已：停止。

【评析】

诗歌描述了诗人游览王羲之洗砚池时的所见所感。洗砚池历经千年风雨，一如往昔。幽静的池水似乎依然散发着浓浓的墨香。洗砚池四周环境优美，树头花落，池中鱼游，诗人仿佛看见书圣当年临池洗砚、泼墨挥洒的情景。王羲之既是历史上知名的书法家，又是魏晋名士代表；既执着追求书法艺术的崇高境界，又率直任性，不同流俗。他的一生充满传奇，至今为人所津津乐道。诗人临池怀想书圣风采，油然而生崇敬之情。这首诗在艺术上的特点是写景与抒情相结合，语淡情深，尾联“幽情殊未已，应与碧流长”更是韵味悠长，引人遐想。

六一书院即事

成永健[①]

北城城下曲池[②]阴，结得茆庐[③]惬素襟。世事阅来滋味少，文章老去性情深。寺前野鸟随幽磬，树外寒蛩[④]送暮砧。每与诸生论艺后，登临犹自弄丝音。

【注释】

①成永健：清康熙年间在世。字乾夫，号毅庵，盐城（今

江苏盐城）人。著有《毅庵诗稿》。 ②曲池：迂回弯曲的池塘。 ③茆庐：茅草屋。 ④寒螿：古书中所说的一种蝉。

【评析】

暑夏时节，诗人在北城城墙附近搭建了一间茅庐。面对着迂回弯曲的池塘，诗人感慨人生虽有遗憾但不能轻言放弃。显然，这是一首以现实生活为题材的诗。从艺术特色来看，该诗以白描手法为主，在张弛有度的节奏中将诗人看透世事却又无法摒弃内心追求的情怀进行了展现。该诗基调深沉，字里行间满含忧郁，可谓借景抒情的佳作。

沂州道中

汪文柏①

此身南北与东西，到处寻诗任马蹄。一簇乱山迷紫塞②，半林残照已青齐③。无端劝客津亭④酒，有意催人旅店鸡。鞭影静垂孤堠⑤畔，枣花香里听莺啼。

【注释】

①汪文柏：清康熙年间在世。字季青，号柯庭，一作柯亭，清代诗人、画家、藏书家。晚年手定诗稿《柯亭余习》，朱彝尊序之。又有《古香楼吟稿》。家有藏书楼“古香楼”“摛藻堂”“拥书楼”。 ②紫塞：秦代修建长城皆用紫色土，故后世用“紫塞”代指长城，后泛指北方边塞。 ③青齐：

指今山东的大部分地区。 ④津亭：古代修建在渡口附近的亭子。 ⑤堠：古代瞭望敌方情况的土堡。

【评析】

该诗描述了诗人为寻觅写诗的灵感与素材而四处游览之事。就艺术表现手法而言，该诗开门见山指出了诗人不辞劳苦四处游览的原因。随后，诗人将游览时所见群山中的长城、夕阳中的山林、坐在渡口边与友人喝酒、旅店中催旅客出发的报晓声、在记载里数的土堆旁的静默、枣花乡里的黄莺声这几幅在地域、内容等方面完全不同的景色，巧妙地搭配在一起，在动态与静态、自然与人文中呈现游览之兴。

伴城道中

廖凤徵[①]

雾豁天空远黛明，芙蓉朵朵马头生。晨兴不为征程急，百里山邮[②]倍日[③]行。

【注释】

①廖凤徵：清康熙年间在世。华亭（今上海松江区）人，举人。 ②山邮：山里的驿站。 ③倍日：一日走两日的路程。

【评析】

正是芙蓉花开时节，诗人于清晨出发，开启新的行程，悠游闲适的心情溢于言表。诗歌运用比喻等修辞手法描绘了天气的晴朗和沿途盛开的芙蓉花之美丽，营造的意境清凉淡雅。

沂州道中

程瑞祊①

疲马趋程②百里稀，梦魂已向故山③归。征途④不识春深浅，但见云间雁北飞。

【注释】

①程瑞祊：清康熙年间在世。字姬田，休宁（今安徽休宁）人。著有《槐江诗钞》。 ②趋程：在路上快走。 ③故山：家乡的山，多用来代指故乡。 ④征途：路途。

【评析】

诗歌描述了诗人归心似箭，人在回乡路上，心已在梦中回乡之事。诗人久离家乡，不知家乡春天已到何种程度，只能通过天上向北飞的大雁判断家乡的春天已经到来。就艺术表现手法而言，该诗重在写情，偶有景色描写。诗歌前半部分体现了诗人急于回到家乡的心情，后半部分则隐含着诗人因久离家乡而具有的“近乡情更怯”的心情，首尾呼应，表达了诗人的思乡情绪。

伴城道中

程瑞祊

明河[1]初落见残星，沙径崎岖客少停。柳色斜分潭影碧，山光遥逼马头青。浓春燕语临风滑，归路樵歌傍晚听。漠漠烟村何处宿，梨花深树隔前汀[2]。

【注释】

①明河：天河，银河。 ②汀：水边平地。

【评析】

本诗主要赞美了傍晚时分，华星初上，伴城路上春光中的山水、烟村之美，为我们描绘了一幅青色逼人、燕语春浓、樵歌归晚的景象，而梨花深处的烟村又为这春景增添了无穷的诗意。本诗炼字精警，如一个“逼”字令青山具有了生命，使山色青翠逼人的神态毕现。而“滑”字更为传神地描绘出燕子的灵动之感，使诗句的意境大开。

羲之换鹅歌

沈世枫[1]

林逋[2]爱鹤支遁[3]鹰，鸭能自呼鸡长鸣。古人嗜好适然耳，谁把精神一掷轻。右军书法洵[4]绝特，吉光片羽[5]世所矜。岂待定武[6]重真派，当时已夺征西名。胡然一入山阴道，瞥见鹅儿喜不胜。道士殷勤捧砚至，澄心敛气书黄庭。顾彼鹅鹅何为者，右军取之有深情。澡身常泛沙浦稳，警夜欲吸沆露清。不然能事岂肯受促迫，意匠惨澹多经营。君子比德[7]在小物，至今珍重换鹅经。

【注释】

①沈世枫：清雍正年间在世。字甫草，号坳堂，晚号东田，苕溪（今浙江湖州）人。清雍正四年（1726）举人。著有《十笏斋诗》。 ②林逋：字君复，钱塘（今浙江杭州）人，北宋诗人。一生未做官，长期隐居西湖孤山，赏梅养鹤，终身不仕，也不婚娶。其诗句“疏影横斜水清浅，暗香浮动月黄昏”是古今传唱的名句。 ③支遁：东晋高僧，字道林。本姓关（一说姓闵），家世奉法，后释形入道，世称支公，亦曰林公，别称支硎。与王羲之、谢安等交好。善草隶，好作诗，又好养鹰马，自云“爱其神骏”。善谈玄理，著有《即色游玄论》。 ④洵：实在。 ⑤吉光片羽：神兽吉光身上的一片羽毛，比喻残存的艺术珍品。 ⑥定武：《兰亭序》帖石刻名。唐太宗喜王羲之父子书法，得《兰亭序》真迹，命人临拓，刻于学士院。五代梁时移置汴都，后经战乱遗失。北宋庆历年间复见，置于定州州治。大观中，徽宗命取其石，置于宣和殿。北宋亡，石亦散失不传。定州在宋时属定武军，故称此石刻为“定武兰亭”或“定武石刻”，其拓本简称“定本”。 ⑦比德：谓德行、德教可与之比拟、匹配。

【评析】

诗歌由王羲之写经换鹅的故事铺展开来。诗人先从世人的爱好写起，林逋爱鹤而支遁爱鹰，拥有个人嗜好是再平常不过的事情。但没有谁能像王羲之一样，为得白鹅而分文不取书写《黄庭经》。要知道，王羲之书法一字千金。道士得到书圣墨宝后欣喜若狂，世人也对羲之的行为大为不解。原来羲之爱鹅别有深意，鹅的形态变化被他巧融于书法创作中，助其书法艺术精益求精。羲之写经换鹅，表现出其超脱名利、率性而为的名士气质。名士之所以能够超越常人，是因为其有不能为人所理解处，而这不能为人所理解处，恰是其超凡脱俗处。诗歌在艺术上颇具独到之处，诗人采用清代不常见的歌行体进行创作，情感充沛，一气呵成，富有气势，恰恰能使诗人对羲之的赞赏之情得到充分表达。

度祊河

爱新觉罗·弘历①

郑宛归鲁泰山祊②，因以名河出大筐③。清浚合流波益浩，万松④如在水中央。

【注释】

①爱新觉罗·弘历（1711—1799）：清朝第六位皇帝，年号乾隆，是中国历史上执政时间最长、年寿最高的皇帝。在位期间平定大小和卓叛乱、巩固多民族国家的发展，文治武功兼修。著有《乐善堂全集》《御制诗集》。 ②郑宛归鲁泰山祊：

典出《左传·隐公八年》："三月，郑伯使宛来归祊。"祊邑是春秋时郑国祭祀泰山时的汤沐邑。隐公八年，郑伯派使者宛来鲁国归还祊邑，以此换取离郑国较近的许田。据说祊河因流经祊邑而得名。　③大筐：即位于今山东省平邑县白彦镇境内的大筐崮（今称太皇崮），此处为祊河发源地。　④万松：指乾隆南巡时的万松山行宫。

【评析】

诗的前半部分交代了祊河之名的来源与河流的起源，后半部分描述了祊河口二水汇流，水面变宽，万松山行宫犹如在水中央的美景。诗歌化用典故，用词典雅，描绘的场景宏大开阔，意境雄伟壮阔。

王右军故里

爱新觉罗·弘历

王氏本琅琊，挈宗渡江去。至今传故里，墨池不知处。白下[①]乌衣巷[②]，其迹尚可据。风流与质朴，有似殊寒燠[③]。人情随地迁，南北风异趣。于古斯已然，而况今时世。欲拟一道同，艰哉未可遽。

【注释】

①白下：古时南京的别称。　②乌衣巷：位于今南京秦淮河文德桥南岸。东晋时期王导、谢安诸贵族多居于此。　③寒

燠（yù）：冷热。

【评析】

诗歌描述了琅琊王氏底蕴之深厚：渡江前在琅琊是望族，渡江后在南方亦是望族，两地都留存了他们的遗迹。但诗人认为，两地风俗迥异，琅琊王氏渡江后必定也曾有过艰难适应时期。就艺术手法而言，该诗主要使用了对比手法，诗人通过对琅琊王氏江北与江南遗迹的对比、江北与江南风俗的对比，表明琅琊王氏的发展并非一帆风顺，借此表达自己对琅琊王氏的敬佩之情。

王右军故里

爱新觉罗·弘历

渡江王氏挈宗①随，遗得书台与笔池。佳话千秋率如此，荒榛②难辨迹然疑。

【注释】

①挈宗：率领全族。　②荒榛：荒芜。

【评析】

琅琊王氏随晋室南迁后，王羲之故居中遗留有王羲之的晒书台和洗砚池。故人已不在，但其书法地位不变，文人墨客途经王羲之故居时自然要参观一番，感受书圣的气息。在艺术手法上，该诗开门见山指出琅琊王氏虽南迁，但其故居仍在，随后先扬后抑，指出王羲之书法千古传诵，但其故居荒草丛生，难觅其遗迹，表现了诗人对历史的深入思考与感慨。

王右军故里

爱新觉罗·弘历

琅琊经陆邮[1]，故里右军留。云有墨池在，谁能荆址[2]搜。千秋传笔法，一代擅风流。要以立身重，当从誓墓求。

【注释】

①陆邮：走陆地。 ②荆址：灌木丛中。

【评析】

乾隆皇帝写过多首有关王右军故里的诗歌，但角度都不同。本诗主要写他经过琅琊再次停留，思及王羲之洗砚池及其书法，感慨万分，并以王羲之《誓墓文》为例，强调人应该具有高洁的品质。该诗在艺术手法上表现为叙议结合，诗人借助对王羲之书法艺术及其人品的描写，抒发了自己对德才兼备之士的渴求之情。

孝子里

爱新觉罗·弘历

故里相邻孝感河，犹传跃鲤出凌波[1]。一斑[2]已自足千古，更佩虔刀[3]意若何？

【注释】

①凌波：起起伏伏的波浪。 ②一斑：比喻事物的一小部分，此处代指王祥的孝行。 ③虔刀：即吕虔刀。

【评析】

诗人从描写王祥卧冰求鲤的孝行出发，感慨王祥只凭此举就已流芳千古，但王祥并未因此而自傲，而是凭借自身的才能在仕途中大展宏图。诗人借此表达不甘于流俗的雄心壮志。就艺术手法而言，这首诗语言不事雕琢，内容平实，情感真挚。

孝子里咏古

爱新觉罗·弘历

不拜晋王诚正论[①]，进公咨政[②]史兼存。求忠臣有佳言在，疑未当于孝子门。

【注释】

①正论：正确的言论。 ②咨政：帮助国君治理国家。

【评析】

身为帝王，乾隆皇帝时刻思考如何治理国家，所以经过王祥故里时，他有感而发，以诗歌的形式说出了自己对忠孝的看法。就艺术手法而言，本诗叙议结合，语言与内容虽平实，却是诗人内心的真实写照，直白地体现了诗人的为政思想。

孝子里咏王祥事

爱新觉罗·弘历

魏为太尉[①]晋太保[②]，于孝求忠如是乎。却是虔刀有灵验，非人为害语诚符。

【注释】

①太尉：官职名，王祥于魏咸熙元年（264）担任太尉一职。 ②太保：官职名，王祥在晋代曾任太保一职。

【评析】

乾隆皇帝借写王祥忠孝两全之事，表达了自己对臣子的寄托。诗歌于简单叙事中，透露出乾隆皇帝的治国理念。从艺术手法上看，该诗无一词写景，无一字道情，却写尽了历史之景、历史之情。

颜延之始安郡怀都延年

爱新觉罗·弘历

星斗既上悬，山河亦下列。大禹锡元圭[①]，至今九州别。江汉海朝宗，参衡[②]地奠臬[③]。说[④]忆子期谏[⑤]，诞鄙高唐说[⑥]。我来守此邦，抚字惭心拙。去去奉明诏，省闼[⑦]班联缀。内外亦何殊，行道宜及节。进退两无就，俯仰一何劣。于古有明训，尸禄[⑧]戒位窃。行将谢华簪，躬耕敦[⑨]素悦。

【注释】

①元圭：传国礼器。 ②参衡：抗衡。 ③臬：标准，规则。 ④谠：正直。 ⑤子期谏：指钟子期以死谏楚怀王之事。 ⑥高唐说：指宋玉在《高唐赋》中所说的楚王游览高唐观时梦见神女之事。此处用来指荒诞之说。 ⑦省闼：宫中，禁中。又代指中央政府。 ⑧尸禄：只享受俸禄而不尽职，义同“尸位素餐”。 ⑨敦：笃实。

【评析】

诗人先描绘了自己所见的自然景色，然后观照历史，写古代圣贤大禹的禅让，充分表达了自己的帝王胸怀。他欣赏敢于直言进谏的重臣，厌恶那些像高唐梦一样的荒诞之言，由此引出他心怀警惕、兢兢业业治理国家的理念，并借此表达对臣子的希望，以及对君臣关系的看法。该诗以颜延之为立意基点，并以此忆古谈今，充分展示了诗人对颜延之的欣赏。在艺术风格上，该诗平铺直叙，语言质朴，不事雕琢。

五贤祠有序

爱新觉罗·弘历

沂州，古琅琊郡，汉诸葛亮故里；晋王祥、王览，唐颜杲卿、真卿，皆产其地。旧有景贤祠合祀之，嘉其纯忠至孝，节烈彪炳，足表范人伦，纪之以诗。

王祥王览能全孝，真卿杲卿均致身[①]。所遇由来殊出处，要推诸葛是全人。

【注释】

①致身：委身。

【评析】

该诗是诗人经过沂州时所写。诗人选取了王祥、王览、颜真卿、颜杲卿、诸葛亮5位琅琊名人，在浓缩的字词中提及了他们各自的主要成就，表达了对这些琅琊名人的仰慕之情。就艺术手法而言，该诗风格质朴平实，所用词语除符合平仄规律外，并无特色，显示出诗人在写这首诗时重点是对人物特点的呈现，而不是对诗歌语言的雕琢。

沂州试院古桐

李中简①

古桐垂荫方一亩，空碧凝秋得未有。精灵②似识赏音来，疏雨笼阶作重九。襄阳③诗格④迥不群，亦要秘省⑤发高文。来宵霁宇凉飙⑥歇，起弄玲珑千片月。

【注释】

①李中简（1721—1781）：字廉衣，号文园，直隶任丘（今河北任丘）人。清乾隆十三年（1748）进士，入翰林院，后任咸安宫学总裁，曾多次任乡试、会试主考官及分校官，两

次任提督学政。著有《嘉树山房文集》。 ②精灵：神灵。③襄阳：即唐代诗人孟浩然，因其祖籍为襄州襄阳（今湖北襄阳），故又称孟襄阳。 ④诗格：诗的风格。 ⑤秘省：秘书省的简称。 ⑥凉飙：秋风。

【评析】

诗人以古桐为题，先描述了古桐的风姿，接着描绘了疏雨过后的沂州试院景色，并由此阐发了自己对孟浩然诗风的看法，并于诗末借用“起弄玲珑千片月”表达自己对高洁文品的追求。就艺术表现手法而言，该诗由景及事与情，抒发了诗人身处试院时涌现出的踌躇满志。诗人匠心独运，赋予试院中的古桐、疏雨等以人格，在触人情怀的感悟中，使诗歌具有了一种沁人心脾的艺术感染力。

沂　州

梦　麟[①]

杖策[②]过沂水，荒城大漠孤。日悬霜野[③]净，鸟入乱烟无。独客[④]怜娇女[⑤]，残阳感壮夫[⑥]。咄[⑦]哉看老马，与尔正长途。

【注释】

①梦麟（1728—1758）：字文子，号午塘，满族正白旗人。清乾隆十年（1745）进士，改庶吉士，授检讨，迁侍讲学士，再迁祭酒、提督河南学政等。 ②杖策：执马鞭，谓策马而

行。 ③霜野：深秋时节的原野。 ④独客：独自一人在他乡为客。 ⑤娇女：娇美、柔弱的女子。 ⑥壮夫：有勇气、有远大志向的豪杰。 ⑦咄：感到惊奇的样子。

【评析】

诗歌描绘了沂州的秋季晚景图。在这幅图中，有策马而行的诗人，有大漠孤烟直的荒城，有萧瑟清寂的荒野，更有残阳里的豪杰。不同的画面间衔接自然，别有一番意蕴。就艺术表现手法而言，诗人开门见山指出创作该诗的目的，随之采用移步换景与抒情写怀的方式，将诗人在异乡只有老马做伴的苦涩心情进行了深度烘托，隐晦地表达了诗人在旅途中虽有美景相伴，心中仍怀念家乡的情绪。

王徽之

朱　珪[①]

慢世[②]学长卿[③]，代僵[④]苦无数[⑤]。刺船[⑥]访戴逵[⑦]，兴尽不复顾。

【注释】

①朱珪（1731—1807）：字石君，号南崖，晚号盘陀老人。清乾隆年间进士，曾任山西布政使，权巡抚事，后为按察使，任两广总督、太子太傅等职。著有《知足斋诗集》。 ②慢世：傲世，玩世不恭。 ③长卿：即司马相

如，字长卿。南朝宋刘义庆《世说新语·品藻》：“王子猷、子敬兄弟共赏《高士传》人及赞。子敬赏井丹高洁。子猷云：‘未若长卿慢世。’”刘孝标注引嵇康《高士传·司马相如赞》：“长卿慢世，越礼自放。” ④代僵：李代桃僵。《乐府诗集·相和歌辞三·鸡鸣》：“桃生露井上，李树生桃旁。虫来啮桃根，李树代桃僵。树木身相代，兄弟还相忘。”以桃李能共患难，喻弟兄能同甘苦。此句中指王徽之代弟王献之死。《晋书·王徽之传》：“（徽之）与献之俱病笃。时有术人云：‘人命应终，而有生人乐代者，则死者可生。’徽之谓曰：‘吾才位不如弟，请以余年代之。’术者曰：‘代死者，以己年有余，得以足亡者耳。今君与弟算俱尽，何代也！’未几，献之卒。” ⑤无数：没有办法。⑥刺船：撑船。《庄子·渔父》：“乃刺船而去，延缘苇间。” ⑦访戴逵：指王子猷雪夜访戴逵之事。《晋书·王徽之传》：“（徽之）尝居山阴，夜雪初霁，月色清朗，四望皓然，独酌酒咏左思《招隐诗》，忽忆戴逵。逵时在剡，便夜乘小船诣之，经宿方至，造门不前而反。人问其故，徽之曰：‘本乘兴而行，兴尽而反，何必见安道邪！’”

【评析】

著名书法家王徽之可谓魏晋名士风流的代表。这首诗歌集中表现了王徽之的性格：傲世、深情、率真。王徽之生于名门，身份尊贵，同时受父亲王羲之的影响，为人疏狂，即使与朝廷权贵交接，仍然不改倨傲之风。其曾与桓冲交往，有“拄笏西山”的故事。王徽之是极为深情的人，他与七弟王献之感情深厚，在献之生病时，徽之愿舍弃生命代弟弟先死。献之死后，徽之悲痛欲绝。同时，雪夜访戴逵的故事体现了徽之纯真率性的个性。总而言之，徽之具有一般人向往却难以获得的人格魅力，这也是他为后世所敬仰的根本原因。这首诗的艺术特点在于，全篇由典故连缀而成，语言极度精练，在看似平淡的语言之下涌动着充沛的感情，可谓语淡情深。

咏颜平原

朱　珪

妖星①照野②海飞澜③，洒血何人首筑坛。西望常山④舌不烂，南流睢水⑤齿先寒。论功千载汾阳郭⑥，转败三齐⑦即墨单。忠义神仙同脱屣，漫将尸解拟刘安⑧。

【注释】

①妖星：彗星。　②野：分野。古人将天上的星宿对应着地下的州郡，二者相互对应，即云某星宿为某州国的分野或某地是某星宿的分野。　③海飞澜：海水泛滥，借指自然灾害。④常山：即今河北正定县。安禄山叛乱时，颜杲卿与儿子颜泉明镇守此地。　⑤睢水：即濉河。源自河南，流经安徽，在江苏省宿迁南部入淮河。　⑥汾阳郭：指郭子仪。　⑦三齐：指今山东的大部分地区。　⑧刘安：西汉淮南王。

【评析】

诗歌从天文、地理现象出发，指明叛逆迭起、战争不断的原因，进而感慨在这种人人自危的社会环境下，少有人能够挺身而出抵抗叛逆。因此，诗人的情绪是消极的，他没有明说朝廷不善待奋勇抵抗叛逆的忠臣，而是在描写常山之事后，转而写能被人记住的只有郭子仪一家。就艺术手法而言，该诗题目点明诗歌主题，但诗中并没有明写关于颜真卿的任何事，却提了“汾阳郭”，影射了朝廷不善待功臣的行为，也隐含着对时政及自身命运的感慨。该诗叙议结合，善用典故表现诗人的观点。

王右军书六角扇歌

翁方纲①

两行墨落骊珠②五，六角扇出蕺山③姥④。光彩惊动市人看，翟羽⑤蒲葵⑥安足数。怪君⑦污复感君惠，三钱毛锥⑧百钱字。青李⑨空思内史⑩贻⑪，笼鹅⑫谁向山阴致。人家棐几⑬滑生云，去后争传王右军。他时还付官奴法⑭，书破羊家白练裙⑮。

【注释】

①翁方纲（1733—1818）：字正三，一字忠叙，号覃溪，晚号苏斋，直隶大兴（今北京大兴区）人，清代书法家、文学家、金石学家。清乾隆十七年（1752）进士，授编修，历督广东、江西、山东三省学政，官至内阁学士。著有《粤东金石

略》《苏米斋兰亭考》《复初斋诗集》《复初斋文集》等。 ②骊珠：宝珠，传说出自骊龙颔下。《庄子·列御寇》："夫千金之珠，必在九重之渊而骊龙颔下。"后用以比喻珍贵的人或物。《南齐书·幸臣传论》："长主君世，振裘持领，赏罚事殷，能不逾漏，宫省咳唾，义必先知。故能窥盈缩于望景，获骊珠于龙睡。" ③蕺山：绍兴名山。 ④姥：年老的妇女。 ⑤翟羽：野鸡的尾羽，用此而做成的扇子叫翟扇。此处指扇子。⑥蒲葵：一种棕榈科蒲葵属的多年生常绿乔木，生长在热带和亚热带地区，叶子可以做扇子。此处指扇子。 ⑦君：指王羲之。 ⑧毛锥：即毛锥子，毛笔的别称。 ⑨青李：李子的一种。语出晋王羲之《来禽帖》："青李、来禽、樱桃、日给藤子皆囊盛为佳。函封多不生。"后人遂用此代指王羲之法帖。⑩内史：指王羲之。 ⑪贻：留下。 ⑫笼鹅：以笼置鹅。《晋书·王羲之传》："又山阴有一道士，养好鹅，羲之往观焉，意甚悦，固求市之。道士云：'为写《道德经》，当举群相赠耳。'羲之欣然写毕，笼鹅而归，甚以为乐。"后以"笼鹅"指王羲之写经换鹅事。唐李白《王右军》诗："右军本清真，潇洒出风尘。山阴过羽客，爱此好鹅宾。扫素写道经，笔精妙入神。书罢笼鹅去，何曾别主人。" ⑬棐（fěi）几：用棐木做的几桌。《晋书·王羲之传》："尝诣门生家，见棐几滑净，因书之，真草相半。" ⑭官奴法：指王羲之的行书《官奴帖》。 ⑮羊家白练裙：羊欣所穿的裙。《南史·羊欣传》："欣年十二。时王献之为吴兴太守，甚知爱之。欣尝夏月著新绢裙昼寝，献之入县见之，书裙数幅而去。"后"羊裙"成为文人间相互雅赏、爱慕之典故。

【评析】

本诗揭示了王羲之书法作品的可贵，同时认为这种可贵得益于王羲之精神世界的潇洒和飘逸。诗歌用较多的篇幅展示了这种人格境界。诗人首先用骊珠比喻王羲之书法的精美神奇，然后用衬托手法说明王羲之书写扇面时引起的轰动，再用先抑后扬手法，以老妇对王羲之书法认识的转变说明王羲之书法的神妙。最后，诗人用“青李”“笼鹅”“棐几”“羊裙”等几个典故，既再现了王羲之的自由洒脱，又揭示出王羲之书法随时随地受人喜爱的真实场景。本诗语言精练，多用典故，值得回味。

右军书扇图

翁方纲

欲借当风看带纹，南塘深树绿于云。蕺山如此清①无暑，欠著羊家白练裙。

【注释】

①清：清凉。

【评析】

此诗赞美了右军书扇图的独特魅力。诗人先写右军书扇图的背景，为清凉的气氛做了一个环境上的铺垫；随后写绍兴城内山上清凉宜人，使人感觉这些温润的气候就如同王羲之所书之扇带来的一样；最后把王羲之书白练裙的典故写出，指出文人之间的相互推崇使人感受到浓浓的人间真情。该诗运用环境烘托、类比、夸张等手法，展示了王羲之书扇的功能和价值，具有一定的艺术性。

沂州城东道中二首

翁方纲

其一

晨光渡沂水，沙尾对柴门[①]。红亚桃遮屋，青回柳拥村。鸟喧新雨气，人聚远烟痕。旅店无畦径，斜依老树根。

其二

舞咏风雩意[②]，千秋画不传。二旬[③]磨墨地，三月养花天。内史琅邪宅，清明上巳连。艡山元老子[④]，漫说泰和[⑤]年。

【注释】

①沙尾对柴门：形容朴素的农家生活。典出唐代杜甫《春水》诗："三月桃花浪，江流复旧痕。朝来没沙尾，碧色动柴门。" ②舞咏风雩意：指不愿出仕。典出《论语·先进》："莫春者，春服既成，冠者五六人，童子六七人，浴乎沂，风乎舞雩，咏而归。" ③二旬：二十天。 ④元老子：代指老子的《道德经》。 ⑤泰和：安泰和平。

【评析】

第一首诗描述了诗人早晨渡沂水时所见到的景色，第二首在描述景色的同时，抒发了诗人的感受。就艺术表现手法而言，第一首诗重在写景，善于利用显性色彩词，诗歌内容具有变化美；第二首诗则重在写意，对景色的间或描写衬托出诗人睹景生情是水到渠成之事。

至半程

管干珍[①]

山路春阴浥[②]翠轻，沙堤几处踏花行。村民记里无章步[③]，遥指青峰是半程。

【注释】

①管干珍（1734—1798）：字阳复，号松厓。清乾隆三十一年（1766）进士，授翰林院编修，历任内阁学士、工部右侍郎、漕运总督等。工花鸟，得恽寿平真髓，尤善设色牡丹。著有《松厓诗钞》。 ②浥：沾湿。 ③章步：指丈量里程的方法。章，即太章，大禹的臣子，据传大禹让太章步量东西极的长度。

【评析】

本诗赞美了半程的美，描绘了一幅山色青翠、落花满路的春景图。全诗善用动词，增加了诗歌的动态之感。特别是“浥”字，不仅描绘出春阴润翠的景象，更衬托出空气的温润之感。诗歌最后一句用典，巧妙点题。

羲之换鹅

曹文埴[①]

在昔鹅群帖，初传道德经。传讹沿白句，聚讼[②]说黄庭。谁识情偏爱，何曾笔肯停。遗编存两事，妙墨总千龄[③]。字有飞鸿势，禽如素鹤形。乌丝[④]新界纸，雪羽静梳翎。书罢归云笈，笼来自水汀。至今昙礦客，齿颊颂余馨。

【注释】

①曹文埴（1735—1798）：字竹虚，号近薇，清代大臣。清乾隆二十五年（1760）进士，改庶吉士，授编修，历刑、兵、工、户诸部，兼顺天府府尹，后擢户部尚书。著有《石鼓砚斋文钞》《石鼓砚斋诗钞》等。 ②聚讼：众说纷纭，久无定论。 ③千龄：犹千年、千岁，极言时间久长。 ④乌丝：即乌丝栏。指上下以乌丝织成栏，其间用朱墨界行的绢素。后亦指有墨线格子的笺纸。

【评析】

诗歌由羲之换鹅的故事生发开来，表达了诗人对书圣的敬仰之情。诗人发挥丰富想象力，写羲之换鹅归来后苦心研习书法的场景。诗人用充满温情的笔墨，既写羲之练习之勤勉，又写白鹅形体之优美。羲之与鹅相处和谐，相得益彰。羲之与鹅的故事令人神往，至今仍为人所津津乐道。诗歌在艺术上表现为想象丰富，笔墨细腻，对仗工整，情感充沛。

半 城

宗圣垣①

燕北数往还，揔②未由东路。今午过半城，从此入山去。不知地渐高，但觉马敛步。礌硠③叠上层，石尽平如故。田畴春水满，村墅人烟互。遥林漏斜日，薄风洗沉雾。千里览无余，岱宗渺何处。

【注释】

①宗圣垣（1736—1815）：字芥帆，会稽（今浙江绍兴）人。清乾隆三十九年（1774）举人，官雷州知府。工诗文，善书法，著有《九曲山房诗钞》《九曲山房诗钞续集》等。 ②揔（zǒng）：同“总”。 ③礌硠（léi láng）：大声。

【评析】

本诗主要赞美了半城的山势之高和风景之美。在艺术手法上，该诗善用衬托、对偶手法写半城的山势之高、山林之密、田园之美。诗人从自身的经历娓娓道来，讲述自己多次自燕北往还，从来没有走过半城这一路，而此次路过半城，有了完全不同的体验，从此以后进入了深山之中，不知道山势的变化，只知马的步子变小。随着诗人的行进，半城的田园山川之美逐渐展现在诗人面前。特别是最后一句除了衬托出半城山的高耸，还渲染了诗人站在山顶极目四望时空旷苍茫的感受。

羲之换鹅得经字八韵

吴省兰[1]

右军耽[2]逸翮[3]，方士爱遗经。寄兴游昙䃶，求书启藻扃。五千文字富，驰骤[4]墨毫灵。展卷徽徽溢，开笼鸨鸨聆。群空酬妙腕，志满对珍翎。交换宁论值，偕臧互感铭。善旋师曲项，久视托忘形。他日冲天去，红鹅亦杳冥[5]。

【注释】

①吴省兰（1738—1810）：字泉之，南汇（今上海浦东新区）人。清乾隆二十八年（1763）举人，四十三年（1778）进士，官工部左侍郎，降补侍讲，升侍读学士。著有《听彝堂偶存稿》。②耽：极其爱好。 ③逸翮（hé）：指强健善飞的鸟的翅膀，这里代指鹅。 ④驰骤：奔放。 ⑤杳冥：指天空，高远之处。

【评析】

诗人由羲之换鹅的故事写起，展开丰富想象，表达了自己对羲之的敬佩之情。诗人发挥想象力，既写了羲之对于书法艺术的不懈追求，又写了其与鹅的和谐相处，充满感性与趣味。诗的结尾，诗人突发奇想：白鹅在书法家的点化之下，化身为鹤，冲天而去。这首诗在艺术上表现为想象丰富，语言细腻，情感充沛。

羲之换鹅得庭字五言八韵，己丑五月保和殿朝考

潘奕隽[①]

内史工书最，山阴记写经。偶然挥素茧，便尔换珍翎。野鹜名休诮，生龙笔自灵。群应依墨沼，帖共重黄庭。妙手从教乞，长鸣乍喜听。睹来欣握管，携处待翻萍。泛渚姿堪赏，霏烟迹未零。盛朝多宝笈[②]，钩拓仰仪型。为有鹅群癖，临池笔乍停。墨香留道院，禽影静空庭。写出匀霜颖，笼归爱雪翎。高风谁计直[③]，内景[④]自传经。波磔[⑤]书原妙，飞鸣趣倍形。队翻新涨水，人坐绿莎厅。别具陂塘[⑥]赏，能添楮翰[⑦]灵。稽山遗迹在，佳话并兰亭。祕要[⑧]传真侣，闲翻笈内经。偶因求楷格，拌与睹花翎。笔挟飞鸾势，工逾瘗鹤铭[⑨]。迹应参玉简，名已重金庭[⑩]。拂纸松烟袅，挥毫蕙露零。一群欣得主，数卷自通灵。唼喋[⑪]浮清渚，参差入镜屏。从兹留墨宝，洞府[⑫]昼常扃。晋代风流擅，长留翰墨馨。右军矜入圣，道士乞书经。岂惜挥筠管，都将换素翎。赠贻非片羽，结撰得真形。计帙[⑬]窥丹祕，开笼惬性灵。幽姿移碧沼，清韵满闲庭。红掌牵文荇，霜毛映翠萍。忘机相对处，逸思寄沙汀。

【注释】

①潘奕隽（1740—1830）：字守愚，号榕皋，又号水云漫士、三松居士，晚号三松老人，吴县（今江苏苏州）人。清乾隆三十四年（1769）进士，授内阁中书，官户部主事。著有《三松堂集》。 ②宝笈：珍贵的书籍。 ③直：通“值”。 ④

内景：《黄庭内景经》的省称。⑤波磔：书法中指右下捺笔。一说左撇曰波，右捺曰磔。泛指书法的笔画。⑥陂（bēi）塘：池塘。⑦楮翰：纸和笔。亦代指文具。⑧秘要：奥旨精义。⑨瘗鹤铭：著名的摩崖刻石。⑩金庭：传说中神仙所居之处。⑪唼喋：象声词，鱼和禽鸟的吃食声。⑫洞府：传说中的神仙居所。⑬帙：量词，用于装套的线装书。

【评析】

正如诗题所示，这首诗主要写羲之换鹅的故事。在诗中，诗人展开丰富的想象，把故事演绎得绘声绘色。诗人将人与鹅同写，既写羲之换鹅、摹鹅，又写鹅归、鹅戏。诗中写道“波磔书原妙，飞鸣趣倍形。队翻新涨水，人坐绿莎厅。别具陂塘赏，能添楮翰灵”，诗人以这样充满趣味与灵性的笔墨，表现羲之与鹅之间和谐融洽的关系。羲之从鹅的身上受到启发，书法技巧不断进步，鹅也找到了合适的主人，生活得自在悠然。对于羲之与鹅这种自然的相处方式，诗人不由发出感慨：“忘机相对处，逸思寄沙汀。”诗歌在艺术上表现为想象丰富，虚实结合，同时意脉贯通，感情充沛。

兰山道中

焦式冲[1]

入耳乡音熟，淳风遍里居。水流近东海，山势接南徐。蒙顶云团树，鄫城[2]月照墟。无边怀古意，临眺暂停车。

【注释】

①焦式冲（1741—?）：字怀谷，章丘（今山东济南章丘区）人。清乾隆三十七年（1772）进士，授江苏仪征知县。工诗，著有《余青园诗集》。 ②鄫城：鄫国故城，原属于兰山，现位于兰陵县向城境内。

【评析】

诗人通过兰山道上的所见所闻，赞美了兰山淳朴的民风、依山傍水的独特地理位置、优美的自然风景和深厚的文化传统。特别是首联所述入耳的乡音及淳朴的民风，使人陡增亲切之感。颔联、颈联对仗工整，不仅交代了兰山的地理位置，而且运用比喻、对偶等手法表现了兰山的山水之美。最后，诗人受到风景的吸引，发起了思古幽情，用停车细赏这一动作进一步衬托了兰山的山水景色之美。

临兰亭帖

爱新觉罗·永琪[1]

永和禊[2]帖重兰亭[3]，多少书家奉典型。后代争摹千管秃，当年高会万山青。暂开墨宝花皆放，因想觞流酒未醒。野鹜家鸡谁敢诮[4]，硬黄[5]一卷尚须停。

【注释】

①爱新觉罗·永琪（1741—1766）：字筠亭，号藤琴居士，

清高宗乾隆皇帝第五子。乾隆三十年（1765）封荣亲王，三十一年（1766）薨，谥曰纯。②禊：修禊，古代于春秋两季举行的一种祭礼，官吏及百姓俱往水边嬉游，消灾祈福，后来演变成中国古代诗人雅聚的经典范式，其中以发生在晋唐会稽郡山阴城（今浙江绍兴）的兰亭修禊和长安曲江修禊最为著名。③兰亭：此处指《兰亭序》，为王羲之所作。④诮：责备。⑤硬黄：一种纸制品，唐代制作的较名贵的艺术加工纸，纸质半透明，可用以写经和摹写古帖。

【评析】

该诗赞美了《兰亭序》及当年兰亭集会时的盛况。诗人描述了《兰亭序》被后人争相描摹的情景，用夸张的笔法再现了《兰亭序》的珍贵，还揭示了兰亭集会的情景，即群贤毕至使万山为之而青。随后，诗人使用通感的修辞手法，揭示了兰亭墨迹的优美灵动与活泼可爱。总之，该诗的艺术手法多样，是一首描写书法艺术的好诗。

渡沂水

王汝璧[1]

浮云柳絮正飞扬，跋马河堧[2]意慨慷。枣叶嫩于新染绿，沙痕洁似旧凝霜。岱岩灵雨[3]泽何远，沂水春风兴自长。过客不须频问渡，褰裳[4]深浅自筹量。

【注释】

①王汝璧（1741—1806）：字镇之，号铜梁山人，四川铜梁（今重庆铜梁区）人。清乾隆三十一年（1766）进士，官至刑部右侍郎。著有《铜梁山人诗集》《易林》《注汉书考证》《夏小正传考》《星象勾股》，以及《脂玉词》《莲果词》。②堧（ruán）：城郭旁、宫殿庙宇外或河边的空地。③灵雨：好雨。④褰裳：撩起下裳。《诗经·郑风·褰裳》："子惠思我，褰裳涉溱。"

【评析】

该诗描述了诗人渡沂河时所见到的景物以及感受。在一个春光明媚、柳絮飞舞、白云飘飞的日子，诗人骑马渡河，自是兴致盎然，神思无限。随后，诗人描写了枣叶的嫩绿和沙子的洁白，此时的蒙蒙细雨也不再是诗人生活中的累赘反而令诗人浮想联翩。所以，诗人在观赏此美景中渡河，自是乐趣无穷。诗人善于写景，景中有情，情中有景，情景交融。诗中多使用比喻和心理刻画，故语言清新流畅、生动活泼、质朴自然，于浅显之中见深刻，在凝练之中显灵动，含义隽永，余味悠长。

雨窗偶读兰亭序

岑振祖[1]

裙屐[2]都从画里行，兰亭远隔越王城[3]。言之有味谈山水，人孰无情感死生。日午骑驴归未得，春深觅酒客相迎。寂寥细雨南窗下，犹是泉声与竹声。

【注释】

①岑振祖（1754—1839）：字镜西，又称壶中老人，余姚（今浙江余姚）人。清代诸生，嘉庆、道光时期著名诗歌社团“泊鸥吟社”的社长。著有《延绿斋诗存》。②屐：木鞋子，这里泛指鞋子。③越王城：越王勾践屯兵抗吴的军事城堡，位于今浙江省杭州市萧山区。

【评析】

诗人由读《兰亭序》而联想到当时的兰亭盛会，以及兰亭盛会中各种人物的活动及心理，揭示了诗人对生命的真切感受以及豁达乐观的人生态度。受此感染，诗人想到了自己眼前的生活，并表示将追随前人，与驴相伴，与酒为伍，诗酒唱和，过一种同雨声、竹声与泉声相伴的闲适生活。该诗由读《兰亭序》而生发开来，由物及人，由人及情，由情入境，情理相生，情景交融。特别是骑驴典故的运用，更是言简意赅地表现了诗人的闲适、淡雅心境。

王右军

伊秉绶①

上书谏北征②，本通达治③体。历代宝翰墨，江东富山水。誓墓早遗策，谓卒宜乐死④。为乐当及时，寿五十九耳。

【注释】

①伊秉绶（1754—1815）：字组似，号墨卿，晚号默庵，汀州府宁化（今福建宁化）人，故人称“伊汀州”。清乾隆四十四年（1779）举人，五十四年（1789）进士。其传世墨迹见于《默庵集锦》。著有《留春草堂诗钞》《攻其集》等。②北征：即北伐，向北方进军征讨。东晋爱国将士每每以北伐中原、恢复失地为己任。东晋自始至终都有北伐之举，先后有祖逖、庾亮、殷浩、桓温、刘裕等人的多次行动。 ③达治：明于治理国家。 ④谓卒宜乐死：指王羲之感慨归隐生活快乐至极。《晋书·王羲之传》：“羲之既去官，与东土人士尽山水之游，弋钓为娱。又与道士许迈共修服食，采药石不远千里，遍游东中诸郡，穷诸名山，泛沧海，叹曰：‘我卒当以乐死。’”

【评析】

这首诗集中概括了王羲之的一生。羲之虽以书法名世，但他在政治上很有见地，有一番作为。他对国家时局和百姓疾苦非常关注，曾写信劝阻殷浩北伐，上书朝廷减免吴地赋税，对名士重清谈、不理政事心怀忧虑。但政治上的不如意使他急流勇退，辞官归隐。辞官后，他和谢安等友朋四处游山玩水，大为满足，曾说过“我卒当以乐死”。尽管如此，王羲之不过活到五十九岁。对此，诗人表现出无限惋惜之情，指出人生苦短，当及时行乐，再完美的人生也难免会有缺憾。诗歌在艺术上表现为语言平实，典故密集。

王羲之

曹振镛[①]

东床坦腹妙忘形，三少[②]驰名尚幼龄。老姥卖书持竹扇[③]，群贤修禊集兰亭[④]。风追数马还垂训，心想笼鹅为写经。年届桑榆悲暮景，陶情丝竹倩谁听。

【注释】

①曹振镛（1755—1835）：字俪笙，歙县（今安徽歙县）人。清乾隆四十六年（1781）进士，官至体仁阁大学士、武英殿大学士、军机大臣。著有《曹文正公诗集》《话云轩咏史诗》。　②三少：指王羲之、王承、王悦。三人俱少年知名，人称王氏“三少”。《晋书·王羲之传》：“敦尝谓羲之曰：‘汝是吾家佳子弟，当不减阮主簿。’裕亦目羲之与王承、王悦为王氏三少。”　③老姥卖书持竹扇：指王羲之题扇的故事。《晋书·王羲之传》：“又尝在蕺山见一老姥，持六角竹扇卖之。羲之书其扇，各为五字。姥初有愠色。因谓姥曰：‘但言是王右军书，以求百钱邪。’姥如其言，人竞买之。他日，姥又持扇来，羲之笑而不答。其书为世所重，皆此类也。”　④群贤修禊集兰亭：指东晋永和九年（353）王羲之、谢安等同游会稽兰亭，羲之作《兰亭序》的事情。

【评析】

本诗表现了诗人对王羲之的敬仰之情，其中也不乏惋惜之意。诗人用东床坦腹、江左三少、写经换鹅、序写兰亭等典故，表现羲之为人率直洒脱、淡泊名利，并由衷地表达自己对羲之的敬仰之意。诗的结尾写羲之晚年寂寞感伤，表达了诗人对羲之理想抱负不能实现的同情。诗歌在艺术上表现为善于用典，对仗工整。

入沂州城访墨池书院昔与桐生未谷题名处

吴 鼒[1]

晓来霜信[2]动寒鸡[3]，又促青山导马蹄。积潦[4]在途村路乱，晓烟出尘戍楼[5]低。山丘零落诗真痛，城郭苍茫路未迷。便有千秋[6]谁肯信，断碑昔日记同题。

【注释】

①吴鼒（1755—1821）：字及之，一字山尊，号抑庵，又号南禺山樵，晚号达园，全椒（今安徽全椒）人。清嘉庆四年（1799）进士，官侍讲学士。善书画，工骈体文。著有《夕葵书屋集》《吴学士诗集》《吴学士文集》等。 ②霜信：晨霜。 ③寒鸡：早上报晓的鸡。 ④积潦：洪涝。 ⑤戍楼：边防的岗楼。 ⑥千秋：形容岁月久远。

【评析】

诗人从拂晓时的白霜、报晓的鸡、自己路上的所见所闻写起，描绘出一幅虽有洪涝仍生机勃勃的沂州城晨景图。首句一个“动”字点燃了全诗的生机，后来的“痛”字则直言不讳地点明诗人触景伤情的情怀。就艺术表现手法而言，该诗寓情于景，兼发议论，在白描手法中将清晨的景色及诗人在路上之所见进行了精细、动态的呈现，字里行间萦绕着诗人淡淡的悲伤情绪。

渡沂河

凌廷堪①

石濑②舟难泊，黄郎负客登。中流沙渐露，两岸土全崩。波暖雀争浴，水清鱼可罾③。传闻春涨发，万马势奔腾。

【注释】

①凌廷堪（1757—1809）：字仲子，又字次仲，歙县（今安徽歙县）人。清乾隆五十五年（1790）进士。著有《礼经释例》《通鉴翼胡》《元遗山年谱》《充渠新书》《校礼堂诗集》等。 ②石濑：指水为石激所形成的急流。 ③罾：一种用木棍或竹竿做支架的方形渔网。这里用作动词，指用网捞鱼。

【评析】

该诗描绘了诗人渡沂河时所见到的景色。诗人笔下正是春天涨水的时节，水流湍急，小船难停，马儿驮着人登上客船。行到中流，由于没有河岸的阻挡，水流平缓而清澈，鸟儿上下翻飞，游鱼似可网罗；而靠近岸边的地方，则如万马奔腾。诗人观察细致，非常善于写景，将不同地方的景物特征刻画得非常清晰。诗人或用衬托，或用对比，或用对照，或用夸张，手法灵活，描写细腻，将眼中所见的万千景物用多种手法加以描摹，成就了一首耐人寻味的好诗。

白沙埠

凌廷堪

晓发白沙埠，水色疑琉璃。苍苍两岸山，分照双蛾眉。岚光①泼眼净无滓，俯首看山山在水。舟行一步一改观，纵有丹青难落纸。我昨初自西湖来，两堤花柳心颜开。如读沈宋应诏②作，虽极典丽无惊才。睦州③好山忽相见，耳目欣然都一变。涪翁④奇峭放翁⑤新，不数岑参与常建。又如饱食官家厨，大脔⑥已饫⑦牛羊猪。偶逢蠃蛤⑧顿爽口，臕臛⑨堆案翻嫌腴。吁嗟乎！人情矫僻⑩靡不有，厌常喜异由来久。不如彼此两忘言，篷窗静酌姚州酒。

【注释】

①岚光：山间雾气经日光照射而发出的光彩。 ②沈宋应诏：沈宋，指初唐时期的沈佺期和宋之问。应诏，这里指奉皇帝命所写的应诏诗。 ③睦州：今杭州、建德、淳安等地。 ④涪翁：宋黄庭坚的别号。 ⑤放翁：陆游的号。 ⑥大脔：大块肉。 ⑦饫（yù）：饱食。 ⑧蠃蛤：蚌类。 ⑨臕臛：

羊肉羹。 ⑩矫僻：矫情，孤僻。

【评析】

该诗高度赞美了白沙埠别样的美——山光水色，苍翠澄净，且移步换景，丹青难画。诗人把它和西湖美景相比照，用一系列比喻、对比来突出诗人对白沙埠这方美景的喜爱之情：西湖就如沈佺期和宋之问的应诏诗、岑参和常建的诗、官家厨的牛羊猪等，美好但不惊艳；而白沙埠的美景如睦州之山、黄庭坚和陆放翁的诗、蚌蛤海味等，新奇清爽。该诗所用比喻生动形象，对比鲜明，让人对白沙埠别样的美景心向往之。“人情矫僻靡不有，厌常喜异由来久”为说理句，为全诗的对比写景作一理论的坠脚。但诗人并没有深入阐释这一论点，而是稍一点明后，转而劝人忘记这些分辨，静心欣赏这美景。“篷窗静酌姚州酒”句进一步烘托了山景的古朴静谧与诗人的闲适心情。

题兰亭图

陈启畴[1]

王家子弟半龙凤，内史风流[2]迥绝众。兰亭胜事[3]更历千百年，永和癸丑三月天。我欲倾囊购遗编，暖风吹彻[4]尘襟，日日不论钱。何哉昔所称群贤？姓字漫灭随荒烟。相逢且进一杯酒，去年今日重回首。画史闲闲[5]坐花阴，天空日朗云无心，竹间流水听鸣琴。自从蚕纸入昭陵[6]，读画应教三折肱。

【注释】

①陈启畴（1757—1825）：字叙斋，攸县（今湖南攸县）人。清乾隆五十四年（1789）拔贡。著有《麻田诗草》《麻田诗草补编》《咏史拟古乐府》等。 ②风流：此指仪表及态度等的流风余韵。 ③胜事：美好的事情。 ④彻：通，透。⑤闲闲：悠闲从容的样子。 ⑥昭陵：此处指唐太宗的陵墓，位于今陕西省礼泉县东北。

【评析】

此诗赞美了王羲之兰亭图的精美绝伦并表达了诗人对兰亭图的热爱。诗人由此图进而联想到物是人非，图中人姓名已湮灭于历史的长河之中，并表示自己也想过图中人物所过的那种闲适自得、顺其自然的生活。诗人将历史与现实结合在一起，将观图与对人生哲理的思考结合在一起，使物与理合一、历史与现实合一，具有很高的艺术技巧。

渡沂水

韩　崶[1]

沂州城头飞暮鸦[2]，沂州城脚一停车。绕城十里浑不辨，半是白波半白沙。

【注释】

①韩崶（1758—1834）：字禹三，号旭亭、桂舲，别称种

梅老人，元和（今江苏苏州）人。清乾隆四十二年（1777）拔贡，分刑部，升郎中，出为广东高廉道、广东巡抚署总督、刑部尚书等。著有《还读斋诗稿》。 ②暮鸦：傍晚时的乌鸦。

【评析】

该诗描述了诗人渡沂河时所见。傍晚时分，诗人停车于沂州城外，城头上的乌鸦苍凉地鸣叫着，展现出一种萧索的气氛。再看沂河，莽莽苍苍，白光粼粼，清澈的水面下映照着白色的沙粒。诗人奔波在外，心境凄凉，于是借眼中景物表达情绪。该诗擅长写景，在修辞上使用对比与夸张手法，情景交融，寓情于景。

兰山道上新晴

韩 葑

荦确[①]兰山道上行，一番雨过亦宜晴。岱云[②]已慰苍生望，沂水还欣童冠[③]情。浓绿阴添槐夏永，新黄气润麦秋成。行吟不觉山程远，贪看残霞木末[④]明。

【注释】

①荦（luò）确：怪石嶙峋的样子，这里指道路崎岖不平。 ②岱云：喜雨之云。 ③童冠：指青少年。典出《论语·先进》："莫春者，春服既成，冠者五六人，童子六七人，浴乎沂，风乎舞雩，咏而归。" ④木末：树梢。

【评析】

夏日傍晚，雨过天晴的兰山道上，喜雨、沂水、孩童、槐荫、黄麦，一系列形象扑面而来，充满了生活的情趣且带来了新麦的清香。此情此景下，诗人迷失在乡野风光中，欣赏着树梢的晚霞，忘记了行路的艰辛。诗歌颔联和颈联对仗工整，特别是颔联化用了孔子带领弟子沐浴于沂河的典故，使诗歌虚实相生，让人感觉这个场景既可能是诗人雨后的想象，也可能是诗人看到的真实场景。

沂州道中

徐熊飞[①]

客路青丝柳，垂条拂锦鞍。野阴生夕霁[②]，岱色拥春寒。村酒[③]投钱饮，林花侧帽看。一双赭[④]白马，相送到长安。

【注释】

①徐熊飞（1762—1835）：字子宣，一字渭扬，号雪庐，武康（今浙江德清）人。清嘉庆九年（1804）举人，特赏翰林院典籍衔。志于学，工诗及骈体文，著有《白鹄山房诗钞》《白鹄山房骈体文钞》等。 ②夕霁：傍晚天气放晴的样子。③村酒：农家自己酿制的酒。 ④赭：红褐色。

【评析】

诗歌描述了诗人在旅途中的景与事，景为充满生命力的、富有立体感的动态景色，事为蕴含情韵的、富有野趣的寻常事。就艺术表现手法而言，该诗情与景交融，“拂”“生”“拥”“投”“侧”“看”等动词的使用，在赋予诗中的意象以动态生命的同时，也将春寒料峭里忙于行路的诗人不忘欣赏自然美景的情怀做了隐秘式的表现。

王羲之

王廷绍[1]

茂林修竹水流觞，几载兰亭隔庙廊[2]。开府[3]北征民已困，护军[4]东土岁频荒。不成稷契[5]甘巢许[6]，偶感彭殇[7]慕老庄。书法自然能入圣[8]，丹心化出墨花[9]香。

【注释】

①王廷绍（1763—1820）：字善述，号楷堂，直隶大兴（今北京大兴区）人。清乾隆五十七年（1792）举人，嘉庆四年（1799）进士，由庶常改刑部主事，历十年，以员外郎终。编有俗曲总集《霓裳续谱》。 ②庙廊：朝廷，指以君王为首的中央政府。 ③开府：指古代高级官员建立府署并自选随员或职员。此处指谢尚，他死后获赠开府仪同三司。 ④护军：秦汉时临时设置护军都尉或中尉，以调节各将领间的关系。魏晋以后，设护军将军或中护军，掌军职的选用，亦与领军将军或中领军同掌中央军队。 ⑤稷契：稷和契，二人皆为贤臣。 ⑥巢许：

巢父和许由，后代指隐者。 ⑦彭殇：长寿与夭折。彭，彭祖，传说中长寿的人。殇，未成年而死，短寿。 ⑧入圣：谓达到高超玄妙的境界。 ⑨墨花：指砚石上的墨渍花纹。

【评析】

诗歌概括了王羲之一生的主要事迹，表达了诗人对书圣的赞赏之情。诗人描述了序写兰亭、劝谏北征、减税吴地、辞官归隐、书法入圣等代表王羲之传奇人生的事件，以此赞扬王羲之在政治上的作为、人生道路的选择、艺术上的追求。羲之的一生是令很多人艳羡的，他在政治上有一番作为，又能不为官场所羁绊，遵从本心，回归到自然的怀抱，在官与隐之间自由出入，这是历代怀才不遇的文人可望而不可即的境界。这首诗在艺术上表现为语言朴实，对仗工整，善用典故。

二颜[①]墓在兰山朱满村

王　烶[②]

土封靡漫[③]石碑残，双柏拿空[④]势郁蟠[⑤]。疑是九幽魂魄化，峨冠长剑立高寒。

【注释】

①二颜：颜真卿、颜杲卿。二颜墓位于今临沂市兰山区方城镇诸满村。 ②王烶（1763—1846）：原名宁烶，字大柱，又字丹柱，高密（今山东高密）人。清乾隆乙卯（1795）举

人，官聊城教谕。工诗文，善书法，其诗出之以清迥，雅有别趣。著有《确庐诗钞》。 ③靡漫：迷离恍惚。 ④拿空：凌空，抓向天空。 ⑤郁蟠：浓盛貌。

【评析】

颜真卿、颜杲卿为琅琊颜氏家族中的著名人物。诗人首先描写了二颜墓墓碑断裂、坟墓周围荒凉的景色，后将视线转到二颜本身，通过自己的感念表达对二颜的追思。就艺术手法而言，本诗以景入诗，以景引情，描绘出一幅动静相间的二颜墓景图。

兰山道中

王　烻

石路近村平，轻车①快意②行。笠翻受风影，轮碾入沙声。正好早投宿，何须预计程。晚霞西岭外，明日定天晴。

【注释】

①轻车：轻快的车子。 ②快意：心情爽快舒适。

【评析】

本诗用语明白晓畅，末句化用了“晚霞行千里”的俗谚，表达了诗人在日暮之分准备投宿时的轻松快乐心情。“轻车”“快意”充分烘托出诗人的快乐心情，他饶有兴致地欣赏风吹翻的斗笠，细听沙尘被碾入车轮时的声音，并在天还很早时就投宿，而不用去计算行程，这种生活的轻松随意不经意间流露出来。最主要的是明天是个晴天，这怎么能不让诗人高兴呢？

兰山道中小村

王　焬

鸟雀噪篱落，人家门尚关。霜痕浮晓陇[①]，日气[②]满春山。帘处市桥远，炊时村碓闲。故园感遥念，倦客合知还。

【注释】

①陇：通“垄”，田埂。　②日气：日光散发的热气。

【评析】

诗人通过对小村里的篱上鸟雀、屋舍、霜痕、日气、炊烟、石碓等景物的描绘，勾勒出一幅幽静恬淡的乡村风光，由此引发了自己的乡关之思。诗人运用动静结合、衬托等修辞手法，突出了小村安乐、幽僻而又富有勃勃生机的特点。该诗风格清新自然，描写细腻，具有较强的艺术魅力。

王　导

鲍桂星[①]

河山举目[②]涕沾襟，谁为神州起陆沉[③]。异代管萧[④]难企踵[⑤]，同时顾贺[⑥]已倾心。节旄[⑦]再出鲸鲵[⑧]剪，槐鼎[⑨]三朝日月深。死愧伯仁[10]生卞壶[11]，当年心迹费追寻。

【注释】

①鲍桂星：(1764—1826)：字双五，一字觉生，歙县（今安徽歙县）人。清嘉庆四年（1799）进士，历任内阁学士、工部侍郎，因事革职，官终詹事。著有《觉生诗钞》《觉生咏物诗钞》《觉生咏史诗钞》等，另辑有《唐诗品》。 ②举目：抬眼望去。 ③陆沉：比喻国土沦丧。 ④管萧：管仲和萧何，二人均为历史上的名相。 ⑤企踵：踮起脚跟。形容急切盼望的样子。 ⑥顾贺：指顾荣和贺循，二人皆为两晋时期江南名士。 ⑦节旄：旌节。 ⑧鲸鲵：比喻凶恶的敌人。 ⑨槐鼎：比喻三公或三公之位，亦泛指执政大臣。 ⑩伯仁：即周颉，字伯仁，两晋时期名士、大臣。 ⑪卞壶：字望之，东晋名臣、书法家。曾任太子中庶子、散骑常侍、吏部尚书。为人不畏强权，最终为国捐躯。

【评析】

永嘉之乱后，山河破碎，中原混战不休，晋室偏安一隅。东晋初期内忧外患，动荡不堪，幸有王导审时度势，力挽狂澜，始得立足。王导终成三朝元老、朝之重臣，权倾一世。可是他的人生并非无可指摘，他愧对好友伯仁，也比不上卞壶的不畏强权、仗义执言，更没有卞壶为国捐躯的勇敢。在艺术上，这首诗歌措辞考究，典雅精当，含蓄蕴藉；叙事自然流畅，错落有致，兼顾对背景的交代与对人物的摹画。诗人立场鲜明，叙事之余，不忘评议和抒情，“当年心迹费追寻”句发人深思，也足以说明诗人是有感而发。

王羲之

鲍桂星

右军忠鲠[①]冠朝英，社稷安危苦口争。曾为江淮忧北伐，不辞关陇效西征。流觞宴罢悲风起，誓墓文悬皦日[②]明。浮海陟山皆远志，却将书法掩平生。

【注释】

①忠鲠：亦作“忠梗”，忠诚耿直。 ②皦日：明亮的太阳。多用于誓辞。《诗经·王风·大车》：“谓予不信，有如皦日。”孔颖达疏：“谓我此言为不信乎，我言之信有如皦然之白日。”

【评析】

诗歌表达了诗人对王羲之的赞赏与惋惜之情。王羲之给多数人的印象是著名书法家，人们对于他在政治上的作为了解和重视不够。而这首诗歌重点表现的便是王羲之的政治生涯，写王羲之赤胆忠心，时刻为江山社稷忧虑。在诗人看来，王羲之最终辞官归隐是迫不得已的，有怀才不遇的遗憾。而实际上，这对于王羲之而言，未必不是人生幸事。诗歌在艺术上的特点是语言平实，格律严谨。

七夕沂州逆旅戏作

舒　位[①]

灵娲[②]补天天转缺，精卫塞海[③]海不竭。青天碧海横庚庚[4]，倒泻银潢[5]万堆雪。中有灵匹[6]三千年，参[7]媒氐[8]妁索聘钱。两点星辰一条水，欲语不语心茫然。如此风波不可渡，对影闻声发遥妒。未必仙家好别离，复恐美人怨迟暮。玉皇夜开红云居[9]，三十六天[10]秋色虚。金符九道檄[11]飞鹊，背毛腹毳来徐徐。长桥卧波知几里，辛苦刍尼[12]供驱使。雄虹雌霓不敢窥，只少红栏排雁齿[13]。天孙[14]身披无缝衣，清风浪浪桥不飞。暂诣牵牛[15]辴然[16]笑，将子无怒秋为期[17]。汝南鸡唱层蓝[18]晓，别泪浮波红袅袅。梁清侍侧悄无言，惟见河心秋月小。此时相别不相留，此际言愁始欲愁。人间一年仙一日，一日亦已成三秋。君不见，人间乞巧[19]痴无数，那知天上相思苦。姮娥[20]倚树骂逢蒙[21]，王母偷桃掷汉武[22]。不如东海看尘扬，青庐四面围红墙。牵牛织女昏嫁毕，跨风骖鸾[23]游八方。

【注释】

①舒位（1765—1815）：字立人，号铁云，直隶大兴（今北京大兴区）人。乾隆年间举人，屡试不第，以馆幕为生。诗书画俱佳，著有《瓶水斋诗集》《乾嘉诗坛点将录》《瓶笙馆修箫谱》等。 ②灵娲：即女娲，古代中国神话中的女神，曾炼五色石以补苍天。《史记·司马相如列传》："使灵娲鼓瑟而舞冯夷。"裴骃集解引《汉书音义》："灵娲，女娲也。" ③精卫塞海：即精卫填海，中国上古神话传说之一。 ④庚庚：纹理横布的样子。 ⑤银潢：银河，天河。 ⑥灵匹：是中国民间传说中的神仙匹偶。指牵牛、织女二星。《乐府诗集·清商曲辞二·七日夜女歌九首》之六："灵匹怨离处，索居隔长河。" ⑦参：星名，二十八宿之一。 ⑧氐：星名，二十八宿

之一。 ⑨红云居：荔枝成熟时约在农历七月，即秋天。用之款待宾客，谓之红云宴。红云居当指于天庭居所举行的宴会。 ⑩三十六天：道教根据道生万物的宇宙创世理论构想出来的神仙所处的空间。 ⑪檄：古代官府用以征召或声讨的文书。这里指征召。 ⑫刍尼：喜鹊。 ⑬雁齿：比喻排列整齐之物或者台阶。 ⑭天孙：星名，即织女星。这里指传说中巧于织造的仙女。 ⑮牵牛：牵牛星的俗称。这里指牛郎。 ⑯辗然：笑的样子。 ⑰将子无怒秋为期：语出《诗经·卫风·氓》："将子无怒，秋以为期。" ⑱层蓝：深层的天空。 ⑲乞巧：农历七月初七日夜，少女们在庭院中向织女星乞求智巧，称为"乞巧"。 ⑳姮娥：即嫦娥，古代神话传说中的人物。 ㉑逄蒙：即逢蒙，帝尧时期的善射者。《荀子·正论》："羿、逄蒙者，天下之善射者也。"《孟子·离娄下》："逄蒙学射于羿，尽羿之道，思天下惟羿胜己，于是杀羿。" ㉒王母偷桃掷汉武：《汉武帝内传》中记载，西王母见汉武帝有志学仙，便下凡赠予武帝蟠桃数只，并教给他长生之道。 ㉓跨凤骖鸾：比喻结成美好的佳偶。典出《列仙传》卷上《萧史》："萧史者，秦穆公时人也。善吹箫，能致孔雀白鹤于庭。穆公有女字弄玉好之，公遂以女妻焉。日教弄玉作凤鸣，居数年，吹似凤声，凤凰来止其屋，公为作凤台，夫妇止其上，不下数年。一日，皆随凤凰飞去，故秦人为作凤女祠于雍宫中，时有箫声而已。"

【评析】

该诗作于七夕。诗人善用环境烘托手法，首先把牛郎与织女的爱情放在广阔无垠的天河之中，放在女娲补天的背景之下，如此一来，其爱情悲剧就显得邈远深邃，令人遐想。然后写牛郎星和织女星遥遥相望，相对无语，以此来说明二人相思之深、爱恋之切，并说明这并非仙人爱好别离。随后写玉皇开恩，允许牛郎、织女相会，诗人在此用了大量的笔墨描写他们相会时的情景。最后用“君不见”一语，把故事由神话传说拉回到人世间，由仙到人，悲情缠绵。诗人善写景物，通过丰富的想象，把牛郎和织女的爱情设置在一定的环境下，景中有情，情中有景，深情绵邈，寓意深刻，令人遐想，感慨不断。

沂　州

张文瑞①

归路萧条黄叶风，鞭丝帽影②夕阳中。三齐③山水多奇秀，看到江南又不同。

【注释】

①张文瑞：清乾隆年间在世。字云表，号六湖，萧山（今浙江杭州萧山区）人。清乾隆三十一年（1766）进士，官青州府同知。有《六湖先生遗集》。　②鞭丝帽影：马鞭和帽子，借指出游。　③三齐：泛指今山东的大部分地区。

【评析】

诗人在萧瑟的秋风中出游，随风飘落的黄叶、黄昏的阳光让他发出了山东风景奇秀且与江南风景不同的感慨。该诗在艺术上表现为写景与议论并重，在白描手法中将秋风中的景色、夕阳做了动态化的呈现，并通过与江南风景的对比，突出了沂州景色的奇与秀，烘托出诗人对沂州景色的喜爱之情。

沂州道中次韵

顾廷纶[1]

晓起月在水，秋光上客衣。蚁盘[2]轮齿滑，蜗蚀碣花肥。一雨续残梦，新凉生翠微。炊烟遥起处，树树拭清晖。

【注释】

①顾廷纶（1767—1834）：初字凤书，又字郑乡，室名玉笥山房，会稽（今浙江绍兴）人。精研金石，工诗善书。与阮元辑《经籍纂诂》，著有《北征日记》《玉笥山房要集》等。②盘：搬运。

【评析】

诗歌描绘了诗人秋晨早起时见到的美景。就艺术表现手法而言，诗人善用常见的自然事物展现内心世界。在诗人眼中，微小如蚂蚁、蜗牛，都以各自的方式影响着这个世界。在诗人高超的观察能力和语言驾驭能力下，寻常的自然事物被塑造成富有意蕴、充满生命力的诗歌意象。

王羲之

沈赤然[①]

王家群从总纷纷，骨鲠[②]何人似右军。东土不妨争减赋[③]，北征早料必无勋。兴怀今昔兰亭叙，绝意功名誓墓文。千古山阴传盛事，岂徒书法换鹅群。

【注释】

①沈赤然：清乾隆年间在世。字鳄山，号梅村，仁和（今浙江杭州）人。清乾隆三十三年（1768）举人，官直隶丰润县知县。著有《五研斋诗钞》《五研斋文钞》《公羊谷梁异同合评》《寄傲轩读书随笔》等。 ②骨鲠：比喻耿直。 ③东土不妨争减赋：指王羲之上书为百姓争求减免赋税。《晋书·王羲之传》："然朝廷赋役繁重，吴会尤甚，羲之每上疏争之，事多见从。"

【评析】

诗歌主要称赞了王羲之的忠君爱国情怀。后世往往把王羲之定为伟大的书法家，当然，也有不少人提出他在政治上很有真知灼见，本诗的作者便属于后者。诗歌写到王羲之曾经上书要求减免吴地赋税，并写信劝阻殷浩北伐。这些都表现了他的远见卓识以及忠君爱国情怀。同时，他情感丰富，雅好慷慨，能为人格独立而绝意仕途，具有魏晋名士深情又高雅脱俗的特点。所以说，仅把他当作书法家，那就大大低估了他的个人魅力。这首诗在艺术上的特点是立意新颖，语言朴实，典故密集。

沂州道上口占

王　玮[①]

衰草[②]斜阳遍地秋，一鞭寂寞过沙洲。风来吹得芦花动，似叹劳人[③]暗点头。

【注释】

①王玮：清乾隆年间在世。字石林，号木庵，太平（今山西襄汾）人。著有《洗桐居士集》。　②衰草：枯草。　③劳人：忧伤的人。

【评析】

在遍是枯草的秋天里，诗人迎着夕阳独自一人路过沙洲，就连水中的芦花都感受到了诗人的忧伤之情。就艺术表现手法而言，该诗开门见山用衰草、斜阳写出了秋天的萧瑟，奠定了全诗忧郁的基调。“寂寞”一词则进一步渲染了诗人独在旅途的寂寥之情。诗末用拟人手法，赋予芦花人格，烘托、升华了诗人的忧伤情绪。

沂　州

邵　帆[①]

连冈石骨[②]露平沙，高柳垂垂抢郭斜。风漾凫鹥春渚[③]水，雨开芦菔[④]晚胜花。名山海岱称雄镇，大道琅琊重故家。幸际清时久树响，千畦黍秫[⑤]尽抽芽。

【注释】

①邵帆：清乾隆年间在世。字无恙，号梦余，山阴（今浙江绍兴）人。著有《梦余诗钞》《历代名媛杂咏》等。 ②石骨：坚硬的岩石。 ③渚：水中的小块陆地。 ④芦菔：萝卜。 ⑤黍秫：黍和秫。

【评析】

诗歌描述了沂州的春日景色。在诗人的匠心独运下，常见的山冈、沙石、柳树、微风、凫鹭、芦菔等都变得意蕴无限、鲜活生动起来。就艺术表现手法而言，该诗为一首写景诗，诗人以开阔的视野、无限的深情，勾勒出一幅沂州春景图；拟人手法的使用，赋予了诗歌意象主观能动性，使春天的生命、阳光有了更深的内涵。

兰山道中

胡寿芝[①]

枫落响凄凄，萦秋雨脚齐。行藏[②]嗤不律，欣戚寄偏提[③]。山色四围至，村讴[④]一曲迷。不堪天欲暝，马惫铎[⑤]声低。

【注释】

①胡寿芝：清乾隆年间在世。字七因，自称内观居士，临

安（今浙江杭州）人。清乾隆年间贡生，分发州判，升知州，后为夏邑知县。著有《东目馆诗集》《东目馆诗见》等。 ②行藏：这里指踪迹。语出《论语·述而》："用之则行，舍之则藏。"意思是被任用就去做官，不被任用就在家隐居。后来用以表示人的行为踪迹、来历等。 ③偏提：酒壶。 ④村讴：村歌，就是民歌的意思。 ⑤铎：这里指挂在马脖子上的小铃铛。

【评析】

秋天的一个黄昏，下着小雨，路边的枫叶飒飒地落下，诗人在这样一个稍带凄凉的环境下出场。不知道他要到哪里去，他自己不愿意说，只是把所有的高兴、悲苦都放进了酒壶里。诗人看着四周的山色、听着迷离的村歌，天色渐渐暗淡了，马也走累了，马铃声都变得有气无力。诗人用叶落、秋雨、村歌的声音来衬托秋天傍晚的静，用有气无力的马铃声低来衬托自己的疲惫。诗人把情感寓于秋日的景物中，让人觉得诗人的心境如同这个天气，如同这匹马，有些许失意、些许悲凉。

王 导

吴其琰[①]

江山半壁共支扶[②]，收拾群贤起霸图[③]。从此石牛真继马[④]，阿谁[⑤]不愧管夷吾。

【注释】

①吴其琰：清乾隆年间在世。吴县（今江苏苏州）人，清乾隆年间曾任清涧知县。 ②支扶：支撑扶持。 ③霸图：霸业。 ④石牛真继马：马指司马氏政权，寓意牛姓人物取而代之。 ⑤阿谁：即王导。王导小字阿龙。

【评析】

永嘉之乱后，中原地区战乱频仍，百姓流离失所。在晋室被迫南渡的大背景下，王导扶持司马睿在江南立足，建立东晋政权，勋功卓著，始有晋代管夷吾之美誉。至于“石牛真继马”，据《晋书·元帝纪》记载：“初，玄石图有‘牛继马后’，故宣帝深忌牛氏……而以毒酒鸩其将牛金。而恭王妃夏侯氏竟通小吏牛氏而生元帝，亦有符云。”元帝即司马睿，谶语成真，命数如此，司马懿当哭泣于九泉之下。诗歌赞扬了王导助建东晋的功绩，对其给予了很高的评价。诗歌用语自然，不事雕琢，格调轻松，血腥残酷的动荡史在诗人笔下别有风貌。

王右军兰亭序

张凤翥[①]

放浪形骸外，高风溯右军。兰亭招列坐，梓里[②]记同群[③]。游目[④]春初暮，挥毫酒半醺。推迁陈迹幻，嗟悼古人云。修短期於尽，情怀向所欣。其时皆可乐，有感即斯文。天气清和共，觞流映带分。山阴[5]遗韵[6]在，一序尚留芬。

【注释】

①张凤翥：清乾隆年间在世。清乾隆年间进士。著有《镜真山房诗钞》。 ②梓里：指故乡。 ③同群：志同道合的人。 ④游目：放眼远看。 ⑤山阴：即今浙江绍兴，王羲之等人修禊集会之处。 ⑥遗韵：指前人留下的诗文等，这里特指王羲之的《兰亭序》。

【评析】

此诗题目是《王右军兰亭序》，但诗人并没有着眼于《兰亭序》，而是用大量的笔墨描述了兰亭盛会的情景以及当时参会的人们的精神风貌，真实地再现了当时人放浪形骸、俯仰天地、与日月同流的精神特质，展示了以王羲之为代表的晋代文人追求自由、洒脱的价值观念。随后，诗人直言赞美王羲之《兰亭序》的珍贵。该诗将怀古、写景与说理有机结合，将古人的精神风貌与诗人的价值追求有机结合，言简意赅，耐人寻味。

沂州府

李鼎元[1]

群峰送我出沂州，沂水汤汤[2]绕郭流。万里蚕丛[3]怀故国，一行雁字别残秋。山楼得月无先后，木叶经霜有去留。客路最愁冬日短，红尘[4]仆仆几时休。

【注释】

①李鼎元：清乾隆、嘉庆年间在世。清乾隆三十五年（1770）举于乡，四十三年（1778）进士，改翰林院庶吉士，散馆授检讨，改授内阁中书，不久升宗人府主事。嘉庆四年（1799）册封琉球副史，五年（1800）任内阁中书舍人。著有《使琉球记》。②汤汤：水势浩茫的样子。③蚕丛：蜀道。④红尘：人世间。

【评析】

诗人要离开沂州去往四川，还未离开，心中已是愁绪万千。此时，巍峨的群山、浩茫的沂河水冲淡了诗人的愁绪，使其对蜀地的风景及生活充满了期待。就艺术表现手法而言，该诗以景带情，用沂州壮阔的景色烘托诗人不舍离去的心情。在表达诗人对故国的留恋之情后，诗人用“山楼得月无先后，木叶经霜有去留”表达了神州景色同质的特征，体现了诗人善于自我安慰的性格和豁达乐观的人生态度。诗歌的最后点明诗人是在冬天赶路，虽然知道神州景色一致，但他仍然希望自己早日结束旅程。

兰山县

张　燮①

半天空翠涌烟鬟②，镜渌③波光杳霭④间。雨过纤尘飞不到，一鞭遥指马陵山。

【注释】

①张燮：清乾隆、嘉庆年间在世。字子和，号荛友，昭文（今江苏常熟）人。清乾隆五十八年（1793）进士，选翰林院庶吉士，散馆改户部广东司主事、刑部员外郎。著有《味经书屋诗稿》。　②烟鬟：云雾缭绕的山峦。　③镜渌：明净清澈。　④杳霭：云雾缥缈的样子。

【评析】

诗人用一个“涌”字来描写雾气的升腾之象，极具动态之感。“镜渌波光杳霭间”句不仅写出了水的清澈，而且突出了水汽缥缈之态。山明水秀，云雾缭绕，虚无缥缈，犹如仙境一般，染不上一点尘埃。诗末点题，指出这是雨后的马陵山。诗人通过“一鞭遥指”，给静谧的画面增添了活动的人物，使人也成了画中一景。全诗用词华美，写山不见山，写水不见水，但极尽山水之美。

沂州道中

顾宗泰[1]

问渡沂河曲，清波溅客衣。旭寒[2]林尚冻，霜冷雁初飞。光景[3]频经历，风流说咏归。更看遥岫[4]好，东去翠痕微。

【注释】

①顾宗泰：清乾隆、嘉庆年间在世。一名景泰，字景岳，

号星桥、晓堂，元和（今江苏苏州）人。乾隆四十年（1775）进士，历官吏部主事、高州知府。嘉庆十一年（1806）掌教娄东书院，十三年（1808）入浙主万松书院。著有《月满楼诗集》《月满楼文集》。 ②旭寒：早上的寒冷。 ③光景：光阴，时光。 ④遥岫：远处的峰峦。

【评析】

诗歌描述了诗人在沂州道中所见到的景色。诗人从描写沂河清波开始，展现了沂州清晨的景色，进而表达了自己的感受——年年相似的时光里，也曾有放荡不羁的豪兴。一路往东，春天的气息减弱，却阻挡不住诗人的一腔热情。就艺术表现手法而言，该诗以写景为主，前半部分点出沂州虽处在春寒料峭的时节，但美丽的景色已经吸引了很多迫不及待来此赏春景的大雁。“光景频经历，风流说咏归”句则通过强调诗人见过很多类似的景色，来衬托沂州春景的独特之处。

沂州道中

许宗彦[①]

茅屋依林住水东，遥山青入白云中[②]。马蹄似恋秋光净[③]，缓踏平沙步更工[④]。

【注释】

①许宗彦（1768—1818）：原名庆宗，字积卿、固卿，号

周生，德清（今浙江德清）人。清嘉庆四年（1799）进士，官至兵部车驾司主事，后辞官回乡。一生好学，尤在天文、历算方面用功颇多。著有《鉴止水斋集》。②遥山青入白云中：远处的青山耸入白云。③净：明净。④工：整齐，工整。

【评析】

沂州是中国古代州名，其范围最大时包括今临沂、日照、沂源、新泰、临朐，以及安丘南部、苏北等地，这首诗正是诗人途经沂州时所作。诗歌描写了诗人眼中之景和心中之情：温馨的茅屋依山傍水，远处的青山被白云围绕，雄伟的高山给旅途之人莫大的慰藉，清澈的流水帮他乡来客涤荡几多风尘。此情此景，诗人徘徊流连，不忍离去，但是诗人的这一情绪并没有直说，而是借助马蹄对清秋的依恋，由马的临涧踟蹰、步履迟缓传达出诗人对明净之秋的喜爱。该诗在语言锤炼上颇下功夫，“依”“恋”“净”“工”等词的使用不仅增加了全诗的修辞效果，而且对刻画人物心理起到了点睛作用。

孝感泉[①]在兰山县西北

彭　浚[②]

孝者行之常，感物[③]偏成异。经过沂水旁，为访卧冰事。戚沟湖水流汤汤，奉母鲤跃思王祥。独怜我少痛无母，十五年前身在疚。

【注释】

①孝感泉：旧在兰山西北。 ②彭浚（1769—1833）：字映旗，号宝臣，衡山（今湖南衡山）人。清嘉庆十年（1805）状元，任翰林院修撰等职。工诗文，善书画，喜画梅花，著有《赐砚堂文集》《赐砚堂进呈录》《赐砚堂诗集》等。 ③感物：因外物而激发内心的感受。

【评析】

王祥的孝行事迹为世人所敬佩。在该诗中，诗人明写王祥孝行，实则写自己子欲养而亲不待的痛苦。就艺术表现手法而言，该诗首联采用议论手法，奠定了诗人重孝的基调。随之采用叙事手法，阐明自己重孝的原因，这种触景生情尤其是思及亲人的写法，无须采用独特的艺术手段，便能轻易触动读者的心绪，使人产生情感上的共鸣。

沂州城北遇雨是日甲子

查有新[①]

秋逢甲子须[②]晴霁[③]，农丈人[④]言南北同。岚气[⑤]水云忽交接[⑥]，蒙蒙细雨满长空[⑦]。

【注释】

①查有新（1771—1830）：字铭三，号春园，海宁（今浙江海宁）人。著有《春园吟稿》《地理真传》等。 ②须：等

待。 ③霁：雨雪停止，天气晴朗。 ④农丈人：星名。《通志·天文略》：“农丈人一星，在南斗西南，老农主稼穑也。” ⑤岚气：山中的雾气。 ⑥交接：交融。 ⑦长空：宽广而又高远的天空。

【评析】

查有新是清代海宁查氏诗人群体中的重要一员，本诗描绘的是他在沂州所见的雨中即景：秋之甲子，薄云遮幕，细雨蒙蒙；远山近水，雾霭沉沉，长天一色。秋天的冷雨，离乡的游子，置身于“满长空”的灰暗中，难免心境凄凉。诗人虽然没有明说内心的思乡之情，但是盼望着雨过天晴，在一个清朗的夜晚，放眼万里星空，那熟悉的一刻，应是家乡的温暖。在词语的运用上，“忽”字说明了天气变化的难料和快速，“满”字的使用则衬托了诗人内心的压抑。

夜渡沂水

查有新

方舟[①]唤渡却逡巡[②]，岸火星星杂暗尘。脱马放教浮水过，竟将舆腹[③]著船唇[④]。

【注释】

①方舟：两船相并。 ②逡巡：有所顾虑而徘徊不前。 ③舆腹：车厢底。 ④船唇：船头。

【评析】

此诗描述了诗人夜渡沂河时的情景。诗人呼唤船家渡河，船只却逡巡不前，原因在于沂河两岸的美好风光让诗人流连忘返。随后，诗人索性解开马儿，让其自由渡河，并把车厢放在船头。该诗善于通过动作描写来展示人物的心理活动，语言生动活泼，流畅自然，将景物描写与人物心理描写结合在一起，展示出高超的艺术水平。

兰亭帖

爱新觉罗·裕瑞[1]

右军本风流，妙笔兼清节[2]。兰亭风日融[3]，挥洒适恬悦。偶寄一时兴，遂成千古绝。往迹久销沈[4]，鱼目[5]徒纷列[6]。唐拓得尚难，真本不须说。神品[7]易化[8]去，人间多残缺。明月冷唐陵[9]，墨华[10]凝碧血。

【注释】

①爱新觉罗·裕瑞（1771—1838）：字思元，清朝宗室。通经史，对词曲、小说、话本、子弟书多有经营，并工诗善画，通西蕃语。著有《枣窗闲笔》《萋香轩吟草》等。 ②清节：清白高洁的节操。 ③融：和谐舒畅的样子。 ④销沈：即消沉。此处指消失埋没。 ⑤鱼目：鱼目混珠的简称，指好的与坏的混合在一起。 ⑥纷列：众多的东西排列在一起。

⑦神品：此处指非常精美绝妙的书法作品。 ⑧化：因性状发生改变而消逝。 ⑨唐陵：指唐太宗的昭陵。 ⑩墨华：书法作品中的精华。

【评析】

本诗盛赞王羲之的兰亭帖。诗人认为，优秀而卓绝的字帖，其写作之人必有超凡脱俗的人品，正是这种人品造就了书法作品之卓绝。随后，诗人由字帖联想到当时兰亭集会的盛况，认为《兰亭序》就是王羲之乘兴而起、自由挥洒、抒写情怀、寄托心志的结晶。接着，诗人说王羲之的书法作品模仿者极多，以至于社会上的王羲之书法作品鱼龙混杂，鱼目混珠，更用唐太宗对王羲之书法的热爱展示了王羲之书法作品的珍贵。此处，诗人用衬托的手法再现了《兰亭序》的精美和珍贵。诗歌语言清新自然，流畅活泼，诗中间用描写、叙述、衬托、用典，手法多样。

兰山夜月

黄承吉[①]

借问兹何处，他乡沂水滨。何曾爱明月，偏自照愁人。前度同良友，当年忆老亲。存心无可道，独坐向冰轮[②]。

【注释】

①黄承吉（1771—1842）：字谦牧，号春谷，江都（今江

苏扬州江都区）人。清嘉庆十年（1805）进士，治经学宗汉儒，兼通历算，工诗古文。著有《梦陔堂文集》《梦陔唐诗集》《周官析疑》《读毛诗记》《经说》等。 ②冰轮：月亮。

【评析】

本诗通过设问的方式引出沂水滨这个地点，由此激发了诗人的回忆。诗人想起当年和老友一起在这里回忆家人的情景，而现在只有他一人对着月亮独坐。整首诗歌虚实结合，情景交融，今昔对比明显，虽是明月夜，但因诗人是孤独的愁人，所以其所写的景物都带着孤独伤感的情绪，特别是把月亮比喻成冰轮，让人陡增寒凉之意。

王 祥

孙 珩[①]

封侯有相数[②]偏穷，涕泣频年[③]牛粪中。鲤亦效灵[④]争出冻，刀能为瑞自腾空。两朝定策[⑤]身还在，卅载遗荣志不终[⑥]。毕竟功名归硕德，清谈笑煞族孙戎[⑦]。

【注释】

①孙珩（1772—1831）：字汝芾，号兰陔。清嘉庆年间举人、进士，曾任河南郏县知县。 ②数：气数，命运。 ③频年：一连几年。 ④效灵：显灵。 ⑤定策：决定方略或策略。 ⑥不终：没有结果。 ⑦族孙戎：指王祥的族孙王戎。

【评析】

王祥的后母不慈，常令他清扫牛粪或在寒冬去河里捕鱼，王祥受尽了虐待和折磨，但是他没有怨言，尽心侍奉，他的至孝感动了上天，也感动了朝廷。在曹魏时期，王祥被推举为三老；在西晋时期，王祥被封为太保。两朝都借王祥的德高望重推行教化之风，最终都以失败告终。诗人认为，王祥的言谈义理清新深远，恐怕是崇高的德行掩盖了他的言谈。诗歌结合史实和典故，用寥寥数语便勾勒出了王祥一生的生命轨迹，并加以中肯的评价，展示出诗人高超的创作水准。

王羲之

孙　珩

髫年①坦腹在东床，已割牛心许独尝。废务②还能箴谢傅，知兵早卜败姚襄③。上书力乞勾吴税④，修禊间题曲水觞。如此文章如此识，争教翰墨独流芳。

【注释】

①髫年：童年。髫，古代指孩子的下垂的头发。　②废务：旷废职务。《晋书·谢安传》：“虚谈废务，浮文妨要，恐非当今所宜。”　③知兵早卜败姚襄：王羲之曾写信劝阻殷浩北伐，殷浩不听，结果北伐失败。《晋书·王羲之传》：“及浩将北伐，羲之以为必败，以书止之，言甚切至。浩遂行，果为

姚襄所败。”　④勾吴税：取消吴地赋税。勾，取消。《晋书·王羲之传》：“然朝廷赋役繁重，吴会尤甚，羲之每上疏争之，事多见从。”

【评析】

诗歌中心句为“如此文章如此识，争教翰墨独流芳”，重点在于肯定王羲之的政治作为，认为后世不应只把他看作书法家。诗中写到羲之从幼年起便表现出众，从东床坦腹到牛心独尝，处处可见其识见超群。而在政治上，他更加有远见卓识，可惜不能尽为所用。王羲之不仅识见超群，而且富有文采，因此诗人对于他仅仅作为书法家而留名于世深表遗憾。诗歌在艺术上表现为见解独特，对仗工整，格律严谨，用典灵活。

渡沂河作

吴荣光①

方田如罫②水如罗③，我欲临流一曲歌。两岸夕阳双棹④稳，好风相送渡沂河。

【注释】

①吴荣光（1773—1843）：字伯荣，一字殿垣，号荷屋、可庵，别署石云山人、拜经老人，南海（今广东佛山南海区）人。清嘉庆四年（1799）进士，任湖南巡抚兼湖广总督、福建布政使等职。著有《历代名人年谱》《石云山人文集》《吾学

录》等。 ②罫（guǎi）：方格子的网眼或者方格子。 ③罗：质地稀疏的丝织品。 ④棹：划船的工具。

【评析】

该诗描绘了沂河以及沂河两岸的美好风光。在诗人眼中，水田就如同有着方格的网眼，水就如同透明轻软的丝织品一般。面对此情此景，诗人很想放声歌唱。沂河两岸的景物映照在夕阳之中，河里的小船上响彻着船工的号子和划船的声音，好一派沂河风景图。诗人善于使用比喻手法，比喻清新自然。此外，心理描写也是该诗的重要特点，拟人手法的运用使该诗颇具亲切之感。总之，该诗通过对风景的描摹，情景相生，揭示了诗人沉浸于美好自然风景之中的愉快心情。

晓渡沂河

童 槐[①]

琅邪大道似津沽[②]，跋涉萧晨[③]瘁[④]仆夫。驱马渡前双艑[⑤]合，照人滩上一星孤。天开蒙羽[⑥]鸡声断，水落淮徐雁影徂[⑦]。隔岸数家茅屋外，村烟画出晓行图。

【注释】

①童槐（1773—1857）：字晋三，一字树眉，号萼君，鄞县（今浙江宁波）人。清嘉庆十年（1805）进士，历任山东按察使、江西按察使、通政司副使。著有《今白华堂文集》。

②津沽：天津的别称。 ③萧晨：凄清的秋晨。 ④瘁：疾病，劳累。 ⑤艑（biàn）：船。 ⑥蒙羽：刚刚在晨光中露出羽毛的禽鸟之类。 ⑦徂：去。

【评析】

该诗描述了诗人渡沂河时的情景。诗人首先叙述自己鞍马劳顿，旅途辛劳，为下文描写沂河的美景做了一个铺垫。随后描述渡河时的情景。在此，诗人非常善于运用暗示、烘托等手法。诗人没有直接描写月光的美丽，而是用一颗星星孤独地照耀在天空中来暗示月亮的皎洁。随后写天光放亮，鸡停止啼鸣，鸟儿渐出，最后写自己眼中所见到的村落。该诗善于写景，描绘出一幅浓浓的乡村田园图景，特别是最后几句，颇得陶渊明田园诗的风致，展示出诗人在鞍马劳苦之中有美景欣赏的快乐感受。

王右军故里

张庆成[①]

放舟不到山阴道，驱车忽经沂水滨。沂水环城含秀色，此地挺生王右军。右军落笔逞姿媚，当时已过卫夫人[②]。只今论书千载下，欧虞颜柳[③]非等伦。行人吊古来故里，墨池想像荒荆榛。犹有遗风堪指点，水边无数白鹅群。

【注释】

①张庆成（1774—1833）：原名庆盛，字嵩三，一作嵩山，

号秋樵，平湖（今浙江平湖）人。清嘉庆三年（1798）举人，曾任直隶望都、万全等地知县，后升任深州知府。工诗文，著有《秋樵诗钞》《秋樵文钞》等。 ②卫夫人：即卫铄，东晋著名书法家，王羲之、王献之年少时曾从她学习书法。 ③欧虞颜柳：指欧阳询、虞世南、颜真卿及柳公权四位著名书法家。

【评析】

诗歌先写诗人经过沂水之滨的原因，后写水秀城灵才会孕育出书圣王羲之这样的人才，进而写王羲之高超的书法水平及诗人参观王羲之故里时见到的景色与自身的感受。就艺术手法而言，该诗移步换景，引出诗歌的主要描写对象，接下来采用对比手法，烘托书圣王羲之的书法艺术成就。在描绘王羲之故里的景色时，则是叙议结合，自然地流露出诗人对王羲之的赞叹之情。整首诗歌语句衔接自然，诗意清晰，浑然天成。

王右军书扇图

聂铣敏[①]

名士[②]留题亦偶然，计钱宁止值千缗[③]。料应老妪重来候，恍似桃源[④]再问仙。

【注释】

①聂铣敏（1775—1828）：字晋光，号蓉峰，衡山（今湖

南衡山）人。清嘉庆十年（1805）进士，选庶吉士，改兵部主事，授编修，典贵州乡试，督四川学政。后迁绍兴府知府，卒于官。著有《寄岳云斋初稿》《蓉峰诗话》《寄岳云斋试体诗详注》等。 ②名士：有名望的人，此处指王羲之。 ③缗：古代穿铜钱的绳子，这里指钱币的计量单位，一缗即一串，一串一般为一千文钱。 ④桃源：晋代陶渊明作《桃花源记》，描述武陵渔民遇见因避秦代乱世而生活在与世隔绝的地方的一群人。后用“桃花源”或“桃源”比喻世外乐土或避世隐居的地方。

【评析】

该诗描述了王羲之书扇图的珍贵，并指出珍贵的东西往往得之偶然，若还想得到，便如同再进入桃花源求仙一样艰难。该诗叙述和议论结合，将事实与道理分析得非常到位。诗人用桃花源求仙比喻王羲之书法作品，衬托出王羲之书法作品的珍贵和得之的偶然性。诗歌语言平易近人，简洁质朴，比喻运用巧妙，构思新颖。

游普照寺怀古效山谷体

郭仪霄[①]

普照寺前尘不嚣，将军舍宅开堂坳。丛林郁郁青天高，公权健笔碑亭牢。当年寺富佛亦豪，上方钟鼓无暮朝。撞檐铁马[②]声喧呶，媚佛求福纷牛毛。劫灰飞荡山寂寥，鹿女[③]踯蠲狙公号。阴房[4]圮榭生木妖，佛火无光山鬼骄。世尊潦倒沙弥逃，莲花高座长蓬蒿。腹脐剥落鼪鼯[5]巢，霜零露渍风萧骚。行脚不见僧打包，募化无人输金刀。冷处谁肯纸钱烧，广生宫刹风景饶。头陀兀秃紫衣飘，士女杂遝[6]相招邀。庄严缨络七宝翘，咫尺对望分壤霄。空门亦苦炎凉遭，何况人间富贵交，得势失势如风潮。安得龙公白丝袍，迎取钦老诛菅茅[7]。

【注释】

①郭仪霄（1775—1859）：字羽可，永丰（今江西永丰）人。清嘉庆二十四年（1819）举人，官内阁中书。以画竹闻名。著有《诵芬堂诗钞》。 ②铁马：即檐铃，挂在屋檐下的铜片或铁片。 ③鹿女：佛经中的仙女。 ④阴房：阴凉的房屋。 ⑤鼪鼯：鼪鼠与鼯鼠。比喻志趣相投的朋友。 ⑥杂遝：众多、纷乱的样子。 ⑦菅茅：一种茅草。

【评析】

普照寺柳公权碑位于王羲之故居内，与普照寺风景一起构成了琅琊八景之一的“普照夕阳”。就艺术表现手法而言，本诗以浪漫主义手法为主，描写了彼时彼地的普照寺。诗人以沉郁、萧瑟的话语形式，抒发了自己内心的悲凉情绪，也由此导致该诗诗风偏向凄婉。

王右军

朱凤森[1]

祠堂松柏映朝曛，十岁移家晋右军。燕子巷[2]中风未艾，牛心座上誉先闻[3]。空怀茧纸藏珠匣，肯使银钩涴[4]练裙。若向山阴逢道士，莫将佳帖换鹅群[5]。

【注释】

①朱凤森（1776—1831）：字韫山，桂林（今广西桂林）人。清嘉庆六年（1801）进士。学识渊博，尤精天文、地理、兵法等，善书法，喜吟咏，著有《韫山诗稿》。 ②燕子巷：即乌衣巷，东晋时期王、谢两家居住于此。 ③牛心座上誉先闻：据南朝宋刘义庆《世说新语·汰侈》载，晋代王恺有一头能快走的牛，叫“八百里驳”，王恺对其极为珍视。一次，王恺和王济比射，王济赢了这头牛，把牛心烤来吃了。后世以“牛心炙”代指豪侈。《晋书·王羲之传》：“年十三，尝诣周顗，顗察而异之。时重牛心炙，坐客未啖，顗先割啖羲之，于是始知名。” ④涴：污，弄脏。 ⑤若向山阴逢道士，莫将佳帖换鹅群：指羲之写经换鹅的故事。《晋书·王羲之传》：“又山阴有一道士，养好鹅，羲之往观焉，意甚悦，固求市之。道士云：‘为写《道德经》，当举群相赠耳。’羲之欣然写毕，笼鹅而归，甚以为乐。”

【评析】

诗歌表达了诗人游览右军祠堂后对右军的敬仰之意。清晨，诗人来到松柏森森的右军祠，观赏祠中景物，不由得怀想右军风姿。他出身世家，少年知名，为人风流俊赏，书法出神入化，流风余韵，绵延至今。在诗的结尾，诗人突发奇想，假若羲之重生，诗人会对他说：您的书法如此珍贵，莫再换鹅，留于世间，惠及世人吧！诗歌在艺术上的特点是善于议论，善于融会典故入诗。

晓渡沂河

徐　谦①

日驱黄尘中，忽见清流弥②。饮马马心怡，迟迟不忍捶。渡河频回首，山月半斜水。

【注释】

①徐谦（1776—1864）：字益卿，号白舫，广丰（今江西上饶广丰区）人。清嘉庆十六年（1811）进士。著有《悟雪楼诗存》。　②弥：满。

【评析】

该诗描述了诗人渡沂河时的感受。诗人运用对比、拟人和烘托的手法来描述沂河之美。诗人首先说自己奔走在黄尘之中，忽然遇见了清澈的沂河水，“忽”字与“弥”字揭示出诗人的满心欢喜。随后，诗人从马的表现着笔，写马喝水时快乐无比，这就使自己不忍心驱赶马了。此处显然使用了拟人和衬托的手法。最后写自己渡过沂河之后，依然恋恋不舍，频繁地回头，但沂河已经笼罩在山月水光之中了。该诗写作手法灵活多样，语言自然活泼，人物心理表现细腻，格调闲适淡雅，是一首耐人寻味的好诗。

王右军

姚　椿[1]

逸少[2]世家[3]子，高蹈[4]出风尘。迢迢逸民怀，悠悠曲水滨。志得意乃超，才高用难伸。千秋慕书翰，怀古一重陈。

【注释】

①姚椿（1777—1853）：字子寿、春木，自称蹇道人、樗寮病叟、东畲老民，娄县（今上海金山区）人。清嘉庆十年（1805）放弃科举。著有《通艺阁诗录》《通艺阁诗续录》《通艺阁文集》等，辑有《国朝文录》。　②逸少：即王羲之，字逸少。　③世家：世禄之家，后泛指世代贵显的家族。　④高蹈：高超，超脱。

【评析】

诗歌表达了诗人对王羲之的敬仰与惋惜之情。诗人敬仰其为人清真、潇洒脱俗、才华出众、书法超群，惋惜其空有满腔抱负，才不能尽用，终留遗憾。诗歌在艺术上表现为字句锤炼，对仗工整，不事典故。

渡沂水

汤贻汾[1]

宿雨[2]留丛竹，朝晖散远浔[3]。村鸡多上屋，水鸟不贪林。波阔马心悸，沙松人迹深。一年三渡此，搔首[4]动愁吟。

【注释】

①汤贻汾（1778—1853）：字若仪，号雨生、琴隐道人，晚号粥翁，武进（今江苏常州）人。诗画俱工，精骑射，娴韬略，精音律，且通天文、地理及百家之学。著有《琴隐园诗集》《琴隐园词集》等。 ②宿雨：经夜的雨。 ③浔：水边深处。 ④搔首：因焦急或有所思而用手搔头。

【评析】

该诗描述了诗人雨后渡沂河时的所见所感。经夜的雨留在竹丛之中，太阳的光辉照耀在远处的水边。附近村庄里的鸡飞到屋顶，水鸟在水面上翱翔。波浪起伏的河水令马儿感到恐惧，松软的沙子上留下了人类深深的足迹。诗人写景由近及远，又从远方拉回到自己身边，所以景物描述富有层次。随后由景及情，想到自己一年之内多次渡过沂河，四处漂泊，身不由己，不由得用手挠头，吟唱出悲苦的诗歌。该诗善于写景，景中有情，情中有景。从风格上看，有的诗句颇似陶渊明的田园诗，反映出诗人对陶诗风格的喜爱和继承。

王羲之

张　澍[1]

曲水流觞万竹青，永和春莫禊兰亭。中原战斗萦魂梦，先墓荒芜誓杳冥[2]。姥乞钱多书六角[3]，我因鹅好写黄庭[4]。孤忠竟被霜豪[5]掩，萧翼[6]从偷折叠形[7]。

【注释】

①张澍（1782—1847）：字伯瀹，号介侯，清代著名文献学家。清嘉庆四年（1799）进士，后任玉屏等县知县。著有《养素堂诗集》《养素堂文集》《三辅故事》等。　②杳冥：阴暗貌，代指阴间。　③姥乞钱多书六角：指王羲之题扇的故事。《晋书·王羲之传》："又尝在蕺山见一老姥，持六角竹扇卖之。羲之书其扇，各为五字。姥初有愠色。因谓姥曰：'但言是王右军书，以求百钱邪。'姥如其言，人竞买之。他日，姥又持扇来，羲之笑而不答。其书为世所重，皆此类也。"④我因鹅好写黄庭：指羲之写经换鹅的故事。《晋书·王羲之传》："又山阴有一道士，养好鹅，羲之往观焉，意甚悦，固求市之。道士云：'为写《道德经》，当举群相赠耳。'羲之欣然写毕，笼鹅而归，甚以为乐。其任率如此。"　⑤霜豪：代指毛笔。豪，通"毫"，动物长而细的毛。　⑥萧翼：本名世翼，南朝梁元帝萧绎曾孙。唐太宗时，为监察御史，以术取王羲之《兰亭序》真迹于越僧辨才手中。生平事迹见何延之《兰亭始末记》及《唐诗纪事》。　⑦折叠形：指《兰亭序》真迹。

【评析】

诗歌表达了诗人对王羲之的矛盾态度。诗人既写羲之书法流芳百世，令人敬仰，又表现出对其政治生涯过早结束的惋惜之情。在诗人看来，羲之专心研习书法，未必不是政治不顺的无奈之举。他的政治才华被书法艺术成就掩盖是后世常见的一种观点。古代知识分子多以经世致用、功名仕途为终极追求，所以诗人对于羲之仅以书法得名深感遗憾。诗歌在艺术上表现为善于融会典故入诗，格律严谨，对仗工整。

王导

张澍

声名江左管夷吾，孙绰[①]碑文总涉谀[②]。国贼容兄何隐默[③]，冥钱赎子太糊涂[④]。妾能干政[⑤]权旁落，友实全生[⑥]信忍渝。盛满宜撄雷震厄[⑦]，景纯何事换枯株[⑧]。

【注释】

①孙绰：字兴公，东晋诗人、书法家，有《天台山赋》留世。因其文才出众，所以当时显贵死后的碑文多出自孙绰之手。 ②谀：奉承，献媚。 ③国贼容兄何隐默：本句是说王导没有及时平定堂兄王敦的叛乱。 ④冥钱赎子太糊涂：王导的儿子王悦重病之时，王导曾梦见有人用百万钱财要他儿子的

命。 ⑤妾能干政：语出《世说新语·惑溺》：“王丞相有幸妾姓雷，颇预政事纳货。蔡公谓之‘雷尚书’。” ⑥全生：保全性命。 ⑦雷震厄：雷击灾害。 ⑧景纯何事换枯株：语出《晋书·郭璞传》：“王导深重之，引参己军事。尝令作卦，璞言：‘公有震厄，可命驾西出数十里，得一柏树，截断如身长，置常寝处，灾当可消矣。’导从其言。数日果震，柏树粉碎。”

【评析】

诗歌开篇便说孙绰为王导所作的碑文有阿谀奉承之嫌，王导默许他的堂兄叛乱，纵容他的小妾干政，愧对他的好友伯仁，于国事无原则，于家事犯糊涂，配不上“管夷吾”的美誉。对于王导，史家历来评判不一，吕祖谦、陶宗仪、陈寅恪给予较高评价，而王夫之、王鸣盛、吕思勉则多有指斥。该诗中，诗人的观点倾向于后者。诗人以“国贼”称之，甚至认为郭璞不该以枯株救他的性命。就艺术表现手法而言，诗歌文辞典雅，措辞讲究，善于用典，含蓄有致；节奏紧致有序，或叙或议，如行云流水，一气呵成，有较强的艺术感染力。

王 戎

王宗耀[①]

禊洛为隽人[②]，聚钱[③]为俗物。心迹若判然[④]，至今犹一律[⑤]。

【注释】

①王宗燿（1782—1841）：字濬哲，一字舜哲，鄞县（今浙江宁波）人。清道光十四年（1834）岁贡生。喜吟咏，著有《愿学堂诗钞》。②雋人：杰出人物。雋，通“俊”。③聚钱：《晋书》谓王戎“性好兴利”，多置园田，聚敛无已，富甲京城。④判然：显然，分明。⑤一律：一个样子，没有例外。

【评析】

本诗借王戎的行为，探讨了人的两面性：有的人外表光鲜亮丽、风度翩翩，却难以掩盖内心的丑陋与龌龊。诗的尾句道出了人性的弱点——表里不一，追名逐利，并由此得出结论：古往今来，人生的目标无非名与利。难怪司马迁说：“天下熙熙，皆为利来；天下攘攘，皆为利往。”诗人还认为，一个人无论多么有才华，多么清高，一旦与名利沾边，就会变得斤斤计较、庸俗不堪，所以王戎的钻核卖李、令儿食糠多为后人所不齿。整首诗没有华丽的辞藻，语言质朴，但是诗人的财富观、价值观给人以警醒。

王　览

王宗燿

乘舟卫二子[①]，斯世[②]不常有。骨肉乃善全，玄通并无偶[③]。趋事看令妻，不慈革嚚母[④]。佩此吕虔刀，允宜[⑤]昌厥后[⑥]。

【注释】

①乘舟卫二子：出自《诗经·邶风·二子乘舟》。二子指卫宣公的两个儿子，二人手足情深，争先赴死。 ②斯世：此世，今世。 ③无偶：无与匹比。 ④嚚母：酷虐的后母。出自《尚书·尧典》："父顽，母嚚，象傲。"指愚顽暴虐的家长。 ⑤允宜：果真。 ⑥昌厥后：指王览的后代人才辈出。昌，昌盛。厥后，其后，以后。

【评析】

诗歌首先以卫宣公二子争相赴死的故事引入主题，表明诗人对这种感情的欣赏与感动。紧接着引入王览二兄弟的典故，重点歌颂王览对同父异母的哥哥王祥的保护。最后指出王祥临终前将象征子孙后代枝繁叶盛的宝刀赠送给王览，王览的后代果真人才辈出。在艺术手法上，该诗大量运用历史典故，通过对比、类比等手法歌颂了王祥、王览二人兄恭弟谦、患难与共的深厚情义。

伴程道中

杨庆琛[①]

东方渐明晨星稀，行人秣马[②]残灯微。稻田青青新雨过，山篱五月桑叶肥。乱石荦确辕蹄侧，梦中惊起蝴蝶飞。主人开门延客人，雄鸡喔喔啼林扉[③]。半盂豆粥和凉饼，粗粝[④]亦足充肠饥。丈夫所志岂温饱，敢耻恶食与恶衣？童冠风浴有奇趣，诘朝[⑤]振辔歌归沂。

【注释】

①杨庆琛（1783—1867）：原名际春，晚号绛雪老人，侯官县（今福建福州）人。清嘉庆二十五年（1820）进士，曾两次入职山东，做过山东司郎中和山东布政使。著有《绛雪山房诗钞》。 ②秣马：喂马。 ③林扉：山中的房屋。 ④粗粝：粗劣的食物。 ⑤诘朝：清晨。

【评析】

诗歌前半部分描述了诗人在伴程道上早行时见到的景象：五月的天气，新雨过后，稻青桑肥。诗的后半部分主要描述了诗人投店吃饭的情形，诗人触景生情，化用《论语》中的语句和孔子浴沂的典故来表明自己宏大的志向。该诗表现了诗人宽广的胸襟与豪迈的情怀。

王 导

杨庆琛

江东草创[1]费精神，赖有夷吾[2]士气伸。王室安危须镇静，神州克复[3]任艰辛。污尘一扇麾元舅[4]，良友千秋负伯仁。笑煞朝廷殊礼锡[5]，犊车麈尾[6]为何因。

【注释】

①草创：开始创建，此处指晋室政治中心南移。 ②夷吾：本指春秋时期齐国名相管仲，此处指王导。 ③克复：用

武力收复。 ④元舅：指东晋名士庾亮，字元规，其妹嫁与晋明帝为妃。《世说新语·轻诋》：“庾公权重，足倾王公。庾在石头，王在冶城坐。大风扬尘，王以扇拂尘曰：‘元规尘污人！’”以示对庾亮的厌恶。 ⑤锡：通“赐”。古有九锡之赐，为最高礼遇、无上荣耀。 ⑥犊车麈尾：王导之妻曹氏妒忌心很强，不许王导纳妾，王导就在外面金屋藏娇。后来曹氏知道了此事，王导“恐妾被辱，遽令命驾，犹恐迟之，以所执麈尾柄驱牛而进”。后人多以此嘲笑他惧内。

【评析】

公元317年，司马睿在建康重建晋廷，史称东晋。但新建的政权根基不稳，王导扶助元帝开发江南经济、笼络江南士族，东晋政权始得稳定，王导的政绩和功勋不容置疑。可是，王导在生活中则表现出心胸狭隘、嫉妒心强、胆小自私的一面。伯仁因他而死，可惜、可憾、可叹。王导“执麈尾柄驱牛”一事发生后，司徒蔡谟闻之，“戏导曰：‘朝廷欲加公九锡。’导弗之觉，但谦退而已。谟曰：‘不闻余物，惟有短辕犊车，长柄麈尾。’”王导惧内之事沦为千古笑柄。诗歌措辞精当，善于用典，形象生动，摹画出了人物的多面性。同时，有叙有议，尤其是最后的议论意味深长，含蓄蕴藉，给人以想象的空间。

颜杲卿

杨庆琛

忠节同时得二难，绯衣[1]不著著南冠[2]。义旗卓处人心固，舌剑飞来贼胆寒。承业拥兵空卫足，履谦[3]合志[4]共披肝。天津桥上三更月，忍听啼鹃血点[5]干。

【注释】

①绯衣：古代朝官的红色品服。 ②南冠：战俘。 ③履谦：行谦让之德。 ④合志：同一志向。 ⑤啼鹃血点：即杜鹃啼血。传说杜鹃昼夜啼鸣，直到吐血，后用来比喻哀痛之极。

【评析】

颜杲卿忠贞爱国并因抵抗安禄山叛军而死一事，是历来人们关注的重点，也是诗词作品描写颜杲卿时必定要提及的事，本诗自然也不例外。诗歌开篇描写颜杲卿为了气节，宁愿做战俘也不愿接受安禄山的高官厚禄，接下来描写他怒骂叛军的情形，成功地塑造了颜杲卿义胆忠心的形象。就艺术手法而言，该诗先议后叙，虽以颜杲卿的忠贞为立足点，但角度独特，在简洁平实的文字中为我们呈现了一个不一样的颜杲卿。

读颜氏家训

朱　绶[①]

礼教昔云薄，南北嗟陵迟[②]。我爱颜侍郎[③]，型家[④]有良规。独于归心篇，白璧成瑕疵。世尚寖已惑，其辞乃多卮[⑤]。卓哉高安公，奋笔为芟夷[⑥]。如农择美谷，簸扬去糠秕。是实小学助，庶为作圣基。

【注释】

①朱绶（1789—1840）：字仲环，又字仲洁，号酉生，元和（今江苏苏州）人。清道光十一年（1831）举人。其诗格律精严，又工古文辞。著有《知止堂诗录》《知止堂词录》。　②陵迟：衰败。　③颜侍郎：指颜之推。　④型家：典范之家，楷模之家。　⑤卮：支离破碎。　⑥芟夷：消除。

【评析】

这是一首典型的写读后感的诗，重在表现诗人的主观感受。诗人从礼教衰败的现象出发，引出自己喜欢颜之推是因为他的家庭有优秀的家规家训。但在颜之推的《颜氏家训》中，《归心》篇具有瑕疵。接着，诗人笔锋陡转，充分肯定了《颜氏家训》的价值。就艺术特色而言，该诗语言质朴，情感真挚，开篇点题，起承转合之间将读后感诗的特点展现得淋漓尽致。

王右军

黄爵滋[1]

败丧诫殷浩[2]，凋困陈谢安[3]。一朝誓墓去，山水供盘桓[4]。欢宴洽亲知，何如许叔元[5]。

【注释】

①黄爵滋（1793—1853）：字德成，号树斋，清代著名政治家、思想家、文学家。清道光年间进士，官至刑部右侍郎。文学上以诗文著称，著有《仙屏书屋文录》《仙屏书屋诗录》等。 ②殷浩：字渊源，东晋陈郡长平（今河南西华东北）人，善谈论，负虚名。为中军将军，督扬、豫、徐、兖、青五军事，统军北伐，屡战屡败。王羲之曾写信劝阻其北伐。 ③谢安：字安石，东晋陈郡阳夏（今河南太康）人。初无出仕意，累辟不就，与王羲之等放情丘壑。年四十余始出仕，为桓温司马。淝水之战中任征讨大都督，指挥作战，大败前秦，封建昌县公。 ④盘桓：徘徊，逗留。 ⑤许叔元：即许迈，字叔玄。出身士族，不慕仕进，与志同道合者遍游名山。与王羲之为世外之交。

【评析】

诗歌用极为概括的语言总结了王羲之的一生。诗中提到三个与他有关的人物：殷浩、谢安、许迈。殷浩是王羲之政治作为的代名词，他曾写信规劝殷浩不要北伐，殷浩不听，最终北伐失败。这一事件表现了他在政治上是有远见的。谢安是王羲之的朋友，两人皆亦官亦隐，常一起游山玩水，王羲之曾对谢安提出“清谈误国”的忧虑。对于王羲之亦官亦隐的生活方式，后人多赞赏有加。但在诗人看来，王羲之亦官亦隐，反而不如不入仕途的许迈更加潇洒自在。诗歌在艺术上表现为通篇议论，构思巧妙，观点新颖，善用典故。

琅琊道中

黄爵滋

严风号夜半，枥马喑不鸣①。仆夫促我起，瑟缩愁宵征②。宵征夫如何，驿火导我行。火光迸雪影，照眼纷纵横。是时万家寂，卧犬亦不惊。不知蓬户③外，种满千瑶琼④。熹微四天暗⑤，迷离一水明。但见琅琊白，不见琅琊青。

【注释】

①枥马喑不鸣：马房的马不再嘶鸣。枥，马房。喑，不语。②瑟缩愁宵征：因寒冷抖动身体，为夜晚的远行发愁。 ③蓬户：古时用蓬草编成的门户。 ④瑶琼：比喻冰雪。 ⑤熹微四天暗：四周光线昏暗。熹微，光线不明。四天，四周的天空。

【评析】

诗人通过对身边景物以及自身感受的描写，道出了雪夜远行的辛苦与孤寂：寒冷的北风彻夜不停，门外的沉寂令人心惊，就连犬马都懒得动一动。就艺术手法而言，该诗采用多种修辞手法，使全诗景物描写极富有感情色彩。而这些斑斓的文字恰是诗人内心情感外露的表现，恰如王国维所云“一切景语，皆情语也”。北风的“号”，与犬、马、万家的“不惊”“不鸣”“寂”，一动一静形成了鲜明的对比，有力地烘托了诗人内心的孤苦；“种”字的拟人化用法、“千”字的夸张性使用，使诗歌隐藏了刻板，凸显了灵动；“促”字和“愁”字的使用，则活化出诗人内心的无奈。

王祥卧冰处

苏宗经①

冰消沟水尚淙淙②，千古争传孝子风。气节声名增感慨，晋朝太保③魏三公④。

【注释】

①苏宗经（1793—1864）：字是程，号文庵，郁林（今广西玉林）人。著有《坊表录》《䴈江诗草》等。 ②淙淙：流水的声音。 ③太保：代指王祥，王祥曾任太保一职。 ④三公：指太尉、司空、司徒三个最高的官位，此处指王祥曾做高官。

【评析】

诗人以冰有融化时、王祥孝行千载传入笔，强调王祥能够位列三公，他的孝行起了很大的作用。就艺术手法而言，该诗语言平实，诗人于平实、浅白的语言中为我们呈现了孝道这一古老却不过时的话题。

人日沂州题壁

李振钧①

吟鞭②遄③发自高邮，境入青齐感旧游。粉署④藤花怀掖水，草堂人日⑤过沂州。故园梦远梅开未，前路山多雪尽不。屈指春风三月里，舞雩⑥童冠好句留。

【注释】

①李振钧（1794—1839）：字仲衡，号海初，安庆（今安徽安庆）人。清道光九年（1829）状元，曾任顺天乡试同考官。著有《味镫听叶庐诗草》。 ②吟鞭：行吟诗人的马鞭。 ③遄（chuán）：快速。 ④粉署：尚书省的别称。 ⑤人日：旧称农历正月初七。 ⑥舞雩：古代求雨祭天，设坛命女巫为舞，故称舞雩。此处指舞雩台，典出《论语·先进》。

【评析】

该诗描述了诗人经过沂州时的情景和心理。诗人的心理描写非常细致，首先揭示了自己进入山东境内之后的心理活动；随后揭示自己对故地的怀念以及自己在人日经过沂州；接着以问句的形式描写梦境中的梅花还没有开放，而前进道路上的积雪还没有消融。梦境的再现，反映了诗人对故乡思念之深切。最后，诗人写自己经过沂州，路过沂水，正好可以体验一下风乎舞雩的人生情怀。该诗表现了诗人路过沂州时的心理活动及其对洒脱闲适生活的向往。

右军笼鹅

黄富民①

不信羲之字，徒夸博白鹅。物因投所好，笼去未应多。书擅千秋妙，群空②一顾过。爱他双翅雪，费我几丸螺③。色异胥霞赠，烹愁老妪讹。蓄鹰④情岂减，唳鹤听如何。鸡鹜⑤争谁胜，龙鸾⑥体待摩。休嗤羊更换⑦，佳话继东坡。

【注释】

①黄富民（1795—1867）：字小田，当涂（今安徽当涂）人。清道光五年（1825）拔贡，官礼部侍郎。曾对《聊斋志异》《儒林外史》细加评点，在中国小说评点史上占有一席之地。善诗填词，其子黄安谨将他的诗词编为《礼部遗集》行于世。 ②群空：比喻人才得到充分的选拔和任用。 ③螺：螺子墨，一种圆形的墨。 ④蓄鹰：支遁爱鹰。支遁字道林，常居剡东山，“不游人事，好养鹰马而不乘放”。 ⑤鸡鹜：鸡和鸭，比喻小人或平庸的人。 ⑥龙鸾：龙与凤，比喻贤士。 ⑦羊更换：即换羊书，苏轼写的字。宋赵令畤《侯鲭录》卷一：“鲁直戏东坡曰：‘昔王右军字为换鹅书。韩宗儒性饕餮，每得公一帖，于殿帅姚麟许换羊肉十数斤，可名二丈

书为换羊书矣。’坡大笑。”

【评析】

诗歌写王羲之写经换鹅的故事。在有关羲之的故事中，写经换鹅是非常常见的，后人由羲之写经换鹅看到了他随性洒脱的个性。其实，羲之爱鹅源于他对书法的不懈追求。诗人在羲之爱鹅这样看起来富有闲情逸致的故事之外，于“鸡鹜争谁胜，龙鸾体待摩”句中，似乎又表达了对羲之政治上怀才不遇的同情、惋惜，或许还暗含了诗人某种愤世嫉俗的情绪。诗歌在艺术上表现为议论与抒情结合，格律严谨，对仗工整。

沂州道中

徐宗干[1]

沂水绕城郭，温泉识土宜[2]。看山宜病马[3]，访古剔荒碑。
沙碾[4]推车促，泥沾起屧[5]迟。琅琊寻旧址，红稻尚离离[6]。

【注释】

①徐宗干（1796—1866）：字伯桢，又字树人，通州（今江苏南通通州区）人。清嘉庆二十五年（1820）进士，曾任曲阜、武城、泰安知县。 ②土宜：指故乡。 ③病马：病态的老马。 ④碾：赶，撵。 ⑤屧：鞋。 ⑥离离：繁多。

【评析】

本诗写诗人途经沂州时的所见所感，叙议结合，情景交融。诗人开篇写眼前之景，清凌凌的沂河绕城而去，温腾腾的泉水寻找故土，这是实写。紧接着便是议论，指出看山别忘了驻足欣赏，访古也不必过于荒凉，这是虚写。然后又是实写，绵软的沙滩、泥泞的路面以及成片的稻谷，不由得勾起诗人对往事的回忆，诗人想诉说，却不知从何说起，那曾经的旧址也被满眼的景色阻断在视野之外。夹叙夹议、虚实结合手法的运用使这首诗质朴自然而又情趣尽现。

王右军

蔡邦甸[1]

内史[2]风流晋代寻，笼鹅长自到山阴。幽怀隐寓兰亭记，知是先生感慨深。

【注释】

①蔡邦甸（1797—1879）：字篆青，合肥（今安徽合肥）人，李鸿章的恩师，在地方颇具声名。著有《晚香亭诗钞》。

②内史：指王羲之。据《晋书·王羲之传》载，王羲之曾任会稽内史。

【评析】

诗歌表达了诗人对王羲之的赞赏之情。诗人选取写经换鹅、叙写兰亭两个事件，表现羲之潇洒脱俗的名士风度和情感丰富的内心世界。在诗人看来，羲之的《兰亭序》中有着极深的幽怀与感慨：在乐极哀来、人生苦短的感喟之外，或许隐藏着羲之政治不如意、无法济世的苦闷情怀。

晚到沂州

宝　鋆[1]

叶声萧摵[2]野风凉，闲与乡兵话本乡。话久不知途近远，琅琊城外月如霜。

【注释】

①宝鋆（1807—1891）：字佩蘅，满族镶白旗人。清道光十八年（1838）进士，授礼部主事擢中允。咸丰时任内阁学士、总管内务府大臣等。同治时任总理各国事务衙门大臣等。光绪时为武英殿大学士。　②萧摵：形容风吹树木的声音。

【评析】

从内容来看，该诗应是诗人军旅生活的写照。寂静的夜晚凉风习习，没有白天的嘈杂，没有繁杂的军务，诗人耳边所闻唯有树叶沙沙、脚步趵趵。一个“闲”字道出了诗人行军途中的内心感受，诗人只有通过与老乡谈话来排遣寂寞，体现了远征在外的人对故乡的思念之情。诗人于闲谈之中竟忘记了路途的远近，不知已身处琅琊城外，真可谓“风尘天外飞沙，日月窗间过马”。月光如水，无声地洒在如银的大地上，在如此静谧的夜晚，谁知道一个远在他乡之人内心的不平静呢？

兰　山

宝　鋆

猗兰[1]一曲响空山，贯耳香名宇宙间。万壑松风千里月，红心[2]自艳素心[3]闲。

【注释】

①猗兰：中国古琴名曲《猗兰操》的简称。 ②红心：红心蜡梅，花小瓣尖，内瓣紫色，花期较晚。 ③素心：素心蜡梅，花瓣和花心都是淡黄色。

【评析】

本诗主要描绘了兰山冬日夜晚的空寂与美丽：琴曲、松风、明月、蜡梅悉数上场，动静结合，浓淡相宜，琴曲的响彻空山衬托出兰山的空旷寂静，素心蜡梅的“闲”烘托出红心蜡梅的“艳”，使兰山的空灵之美表现得淋漓尽致，使诗歌意境悠远。

王　祥

罗惇衍[1]

至孝名过百行隆，琅琊端不愧家风。诚通飞跃乡人叹，盗戢萑苻[2]别驾功。遗子但闻遵五训[3]，易君忽又进三公。两朝魏晋膺圭组，争及庐江隐逸终。

【注释】

①罗惇衍（1814—1874）：又名敦衍，字椒生，顺德（今广东佛山顺德区）人。清道光十五年（1835）进士，选庶吉士，散馆授编修，官至户部尚书。著有《集义编》《庸言》等。　②萑苻（huán fú）：指盗贼，草寇。《晋书·王祥传》："徐州刺史吕虔檄为别驾，祥年垂耳顺，固辞不受。览劝之，为具车牛，祥乃应召，虔委以州事。于时寇盗充斥，祥率励兵士，频讨破之。州界清静，政化大行。"　③五训：王祥临终前留给子孙的遗训，包括信、德、孝、悌、谦五个方面。

【评析】

王祥至孝，留下了卧冰求鲤的千古佳话，为避乱世，扶母携弟隐居三十余载。后又为继母朱氏守丧而憔悴不堪，以致拄着拐杖才能起身，其孝行感天动地。不唯有孝，王祥初入仕途后的表现可圈可点，时人歌曰："海沂之康，实赖王祥。邦国不空，别驾之功。"王祥在两晋动荡昏暗的政局中，登上了仕途的顶峰。他的临终五训是他人生智慧的集中体现，有学者指出五训中唯独没有"忠"，如若结合时代背景考量，一味求忠恐怕也难以避祸罢。诗歌在叙述上以王祥的生命轨迹为主线，却又不拘一格，忽而倒叙，忽而插叙，笔随意走，意由心生。诗歌大量用典，稍有晦涩难懂之嫌，但也增强了诗歌的韵味。

王右军内景经

刘　堮[1]

落笔见所嗜，金堂[2]梦寐中。香生墨池水，光透蕊珠宫[3]。一技犹难到，真言岂易穷。当年陈迹感，书此有深衷。

【注释】

①刘堮：约清道光年间在世。字峻若，号澹园，生平不详，约生活在道光前后，曾为官直隶、饶州等。著有《挹秀山房诗集》《西江一棹集》等。　②金堂：用金子装饰的华丽宏伟的殿堂，多指神仙的居所。　③蕊珠宫：道教传说中的仙宫。

【评析】

该诗赞美了王羲之《内景经帖》的精美。诗人认为《内景经帖》是王羲之内在精神的化身，因为从其落笔就可以感受到王羲之内在的精神世界。随后，诗人说该帖像是从仙人的宫殿中传出来的一样，有着仙家的灵气与香气。此处诗人采用了通感和比喻的手法，显得形象而生动。最后，诗人感慨王羲之书法技艺超凡脱俗，常人难以与之匹敌，同时指出王羲之书法具有内在精神。诗人由书而理，由理而情，次序井然，手法灵活。

王右军

秦　焕[1]

中原板荡[2]孰匡扶[3]，逸少经纶[4]世所无。徒向兰亭搜墨宝，似珍鳞爪[5]弃骊珠。

【注释】

①秦焕（1817—1892）：字文伯，山阳（今江苏淮安）人。清咸丰十年（1860）进士，分户部，以主事用。著有《剑虹居诗集》《剑虹居文集》等。　②板荡：《板》《荡》都是《诗经·大雅》中讽刺周厉王无道而导致国家败坏、社会动乱的诗篇，后用以指政局混乱或社会动荡。　③匡扶：匡正扶持。　④经纶：指治理国家的才能。　⑤鳞爪：比喻事物的片段或点滴。宋计有功《唐诗纪事·刘禹锡》："长庆中，元微之、梦得、韦楚客同会乐天舍，论南朝兴废，各赋《金陵怀古诗》。刘满引一杯，饮已即成……白公览诗曰：'四人探骊龙，子先获珠，所余鳞爪何用耶！'于是罢唱。"

【评析】

诗人指出羲之在政治上的才华为其书法成就所掩，不为世人所知，是令人遗憾的。诗歌的前两句写东晋时局动荡，正需要羲之这样忠心又有见地的人才担当重任。可惜事与愿违，羲之在政治上没有得到应有的重用，只能把精力投入书法艺术中。诗歌的后两句指出，世人看重羲之的书法成就而忽略其政治才华，就如同珍惜骊龙的鳞爪而舍弃它的宝珠，是因小失大。诗歌在艺术上表现为以议论结篇，观点独到。

兰亭真本歌

洪昌燕[①]

永和高会岁癸丑，仿金谷园[②]纵文酒。右军当年偶兴到，墨宝流传石同寿。云孙最数智永[③]师，僧楼扃鐍[④]严护持。贞观天子酷嗜古，无端一骑萧郎[⑤]驰。自从新酿开缸面，收入禁中人不见。同时欧虞褚薛[⑥]俦，往往临橅体多变。珠襦玉匣[⑦]昭陵中，石马有时飞向空。神物自是甲丁守，环宝重现光舒虹。八千之本何足数，真迹千秋推定武[⑧]。峻岭作领因作回，想像锋挥鼠须[⑨]古。悦生玉枕别雕镂[⑩]，更有人呼槜李[⑪]舟。天寒风雪镇不顾，人间此本知难求。旷代人犹思宝晋，遗闻摭拾[⑫]足征信。总让兰台[⑬]八柱刊，虎卧龙跳开笔阵。

【注释】

①洪昌燕（1820—?）：字敬传，号张伯、章伯，钱塘（今浙江杭州）人。清咸丰六年（1856）进士，授编修，历官工科给事中。　②金谷园：西晋石崇的别墅，在今洛阳老城东北七里处。《晋书·石苞传》载：“崇有别馆在河阳之金谷，一名梓泽，送者倾都，帐饮于此焉。”　③智永：南朝僧人，本名王法极，字智永，会稽山阴（今浙江绍兴）人，王羲之七世孙，号“永禅师”。　④扃鐍（jué）：指门闩锁钥之类。

⑤萧郎：萧翼，本名世翼，南朝梁元帝萧绎曾孙。唐太宗时，为监察御史，以术取王羲之《兰亭序》真迹于越僧辨才手中。⑥欧虞褚薛：指初唐四大书法家欧阳询、虞世南、褚遂良、薛稷。 ⑦珠襦玉匣：指古代帝后及贵族的葬服。珠襦，用珠串成的短衣。玉匣，汉代皇帝的葬具，即玉衣。《三国志·魏书·文帝纪》："棺但漆际会三过，饭含无以珠玉，无施珠襦玉匣，诸愚俗所为也。"《西京杂记》卷一："汉帝送死皆珠襦玉匣。匣形如铠甲，连以金镂。武帝匣上皆镂为蛟龙鸾凤龟龙之象，世谓为蛟龙玉匣。" ⑧定武：指定武本《兰亭序》。⑨鼠须：即鼠须笔，毛笔的一种，用家鼠鬓须制成，王羲之《兰亭序》即以此种笔写成。 ⑩雕锼（sōu）：雕刻，刻镂。《文选·魏都赋》："匪朴匪斫，去泰去甚，木无雕锼，土无绨锦。" ⑪槜（zuì）李：《史记·越王勾践世家》集解："杜预曰：'吴郡嘉兴县南有槜李城。'" ⑫摭拾：收取，采集。⑬兰台：汉代宫内藏书之处。

【评析】

此诗赞美《兰亭序》的精美绝伦。诗歌首先叙述《兰亭序》的创作及流传情况。诗人认为，《兰亭序》是兰亭集会时王羲之自然神致之作，而兰亭集会则是与金谷集会齐名的盛会。《兰亭序》一出，人人都想得到它，得到它后都想独有它，独有它后则想密藏它。它先被王羲之七世孙智永和尚严加看管，后被唐太宗设法得到并在死时带入坟墓。然而神物自是神奇，被太宗带入坟墓的《兰亭序》常常有奇光异彩喷射而出。在艺术上，该诗使用衬托手法，化用神话传说、典故等再现了《兰亭序》真本的奇美绝妙。

宿沂州作

方鼎锐[①]

高低雉堞[②]俯城流，鼛[③]鼓惊闻役未休。昨日东蒙[④]山上望，阵云[⑤]犹自黯南州。沂水潺潺绕郡城，不闻狂士咏歌声。前溪明月残荷里，定有清流可濯[⑥]缨。

【注释】

①方鼎锐（1823—1883）：字子颖，号退斋，仪征（今江苏仪征）人，诗人、书法家、藏书家。著有《退斋诗稿》。②雉堞：城楼上的矮墙。③鼛（gāo）：古代遇事召集人的一种大鼓。④东蒙：蒙山的别称。⑤阵云：浓厚似战阵的云。古人多以此为战争之兆。⑥濯：洗。

【评析】

该诗写诗人宿沂州时的所见所感。诗人于东蒙山下，看见高低重叠的城墙以及绕城而过的河水，听着毫无停息之兆的战鼓的声音，看着被战争的阴云覆盖着的沂州城，自然会产生一种悲凉的感觉。随后诗人由绕城而过的沂水，联想到古代的贤达之人曾皙的洒脱旷达，表达了自己对曾皙的羡慕之意。本诗善于写景，并将写景与抒情有机地结合在一起。诗人能够调动视觉、听觉等艺术手段，并通过联想，以咏古的方式来表达情感，使眼前之景与心中之情有机结合在一起。

兰山郭外二首

陈元禄[①]

其一

乡梦初醒白袷单[②]，晓风吹柳拂征鞍。古碑历落[③]多奇字，可惜匆匆策马看。

其二

汉晋遗踪胜夕曛[④]，恨无腹笥[⑤]证前闻。忠臣孝子相辉映，惆怅能书王右军。

【注释】

①陈元禄（1823—?）：字总之，又字抱潜，号铁桥、小铁，自号腹庵，钱塘（今浙江杭州）人。著有《十二种兰亭精舍诗集》。 ②白袷单：白色的单衣。 ③历落：疏疏落落。 ④夕曛：落日余晖。 ⑤腹笥：指腹中的学问。语出《后汉书·边韶传》："边为姓，孝为字，腹便便，五经笥。"

【评析】

第一首诗写诗人在一个稍冷的清晨，穿着白单衣，骑着马，于城外发现了一古碑。诗人匆匆看了一眼，发现古碑上疏疏落落地都是奇字。这是一首单纯的写景记事诗，语言质朴自然，但所记之景清晰地呈现在我们眼前。第二首诗主要赞颂了兰山的汉晋胜迹及古圣先贤，反映了兰山的人杰地灵。

世称祥览之贤，而甚其母之恶，盖《晋书》多采小说，不足据也。经王氏故里，偶一发之四首

易佩绅[1]

其一

王家慈母善权衡，孝弟[2]兼成二子名。岂有居心真毒螫，能生难弟媿[3]难兄。

其二

乌衣大半元通[4]后，人种先将福泽[5]操。可笑旁观无卓识[6]，三公但艳吕虔刀。

其三

求鱼岂必因严命，置鸩尤知是妄传。唐作晋书原未择，几多芜秽[7]满陈编[8]。

其四

骨肉让名甘受谤，两京六代半如斯。自从举选[9]非乡里，名实都亡又一时。

【注释】

①易佩绅（1826—1906）：字笏山，一字子笏，龙阳（今湖南汉寿）人。清咸丰年间举人，曾任知府、按察使、布政使、藩司等职。著有《诗义择从》《安顺书牍摘钞》《贵东书

牍节钞》《函楼文钞》《函楼诗钞》《函楼词钞》等。 ②孝弟：又作“孝悌”。孝，指对父母的爱。悌，指兄弟姊妹间的友爱。 ③媲：并，比，匹敌。 ④元通：字昙和，北魏献文帝的孙子，元禧的长子。后来元禧谋反兵败出逃河内。河内太守陆琇听说后，杀了好友元通。 ⑤福泽：福禄。 ⑥卓识：卓越的见解。 ⑦芜秽：丛生的杂草。比喻不纯洁、不正统的东西。 ⑧陈编：古书。 ⑨举选：推举选拔。

【评析】

王祥至孝，但受后母虐待，始有卧冰求鲤等家喻户晓的典故。但是诗人说史书不足信，认为后母是故意而为之，是为了王祥、王览的前程而上演的苦肉计，后母用心之良苦由此可见一斑。魏晋时期实行九品中正制，根据家世、品行等选拔人才，若非门阀出身，孝悌之道则成为步入仕途的重要阶梯。事实亦是如此：王祥以孝入仕后，平步青云，位至三公，为琅琊王氏步入鼎盛奠定了基础。“自从举选非乡里，名实都亡又一时”是诗人对这一不公平的用人制度的抨击。诗歌立意新颖，观点独特，体现了诗人独立思考的精神。知古宜鉴今，这首诗歌启迪我们认真思考当今的选拔制度，具有一定的现实意义。

右军墨池

李　桓[①]

绝妙右军笔，书家传正宗。逸情[②]兼古趣，神技是中锋[③]。

一鉴[4]清如许，当年墨未浓。宵深风雨作，遮莫[5]起蛟龙。

【注释】

①李桓（1827—1892）：字叔虎，号黼堂，湘阴（今湖南湘阴）人。著作颇丰，有《宝韦斋类稿》《浙游百卅律》《影言》等。 ②逸情：超脱世俗的感情。 ③中锋：书法术语，指行笔时将毛笔的主锋保持在点画的中线，以区别于偏锋。用中锋写出的线条圆浑而有质感。 ④鉴：镜子。 ⑤遮莫：莫非，或许。

【评析】

本诗描述了诗人游览右军墨池后的感想。诗的前半部分主要是对王羲之书法的评价，首联“绝妙右军笔，书家传正宗”概括了羲之在书法上的崇高地位，颔联总结羲之书法技艺高超的根源是羲之本身潇洒脱俗的个性。诗的后半部分写诗人临池后的丰富想象：深夜风雨大作，是否惊动了池中墨龙？诗歌在艺术上以议论为主，富有丰富想象。

兰山道中

倪　鸿[1]

鸡声高唱梦初醒，轣辘[2]车轮定不停。素雪遥分臣马白，黄尘乱扑子矜[3]青。讵[4]愁挫折游人海，敢说光芒现客星[5]。试向兰陵沽美酒，今宵酩酊醉旗亭[6]。

【注释】

①倪鸿（1829—1892）：字延年，号耘劬、云臞，桂林（今广西桂林）人。工诗文，善书画，宦游粤东二十余年。著有《退遂斋诗钞》《退遂斋诗续集》《桐阴清话》《花阴写梦词》等。 ②轣（lì）辘：车轮转动的声音。 ③子矜：原指衣领，后泛指读书人穿的制服。语出《诗经·郑风·子矜》："青青子衿，悠悠我心。" ④讵：岂，表反问。 ⑤客星：中国古代天文学家对新发现的星星的称谓。据晋代张华《博物志》记载，在古代神话中，天河与海相通，每年八月有浮槎来往。某次，有人乘着浮槎至天界，与牵牛聊天。回来后，严君平告诉他说："某年月日有客星冲犯牵牛。"仔细计算，客星出现的时候正是这个人到天河的时候。 ⑥旗亭：酒楼。

【评析】

诗人通过描述在兰山道上所见，抒发了自己虽仕途不如意但依旧自信洒脱的心情。诗的前半部分写景，诗人在鸡叫的时候就出发了，路上白雪飘摇，黄尘乱扑，安静得只能听到车轮转动的声音。"臣马白"与"子矜青"暗示了诗人仕途的不如意。但他自有潇洒出尘之想、豪迈壮游之气，用反问的语气强调了自己的志趣。在表现手法上，诗人运用虚实结合的方式使眼前的雪景与想象中的访仙、喝酒结合，用词素雅，用典得当，意境绵远。

兰　山

徐　嘉[1]

沂水生冰驿路斜，兰山终古秀琅琊。冻云[2]初雪明黄叶，急溜虚岩走白沙。城北寻碑重咏古，桥南观钓忽思家。诸颜零落诸王尽，独客荒邮数暮鸦。

【注释】

①徐嘉（1834—1913）：字宾华，一字遁庵，山阳（今江苏淮安）人。著有《味静斋杂诗》。　②冻云：冬天的阴云。

【评析】

诗人在初雪过后的冬日，到兰山城北寻找文物古迹，到桥南体察风土民情，反映了兰山历史文化的悠久和居民闲适自得的生活状态。诗的前半部分写景，后半部分状物，从颜、王两大家族的盛衰到独客、暮鸦等具体的物象，今昔对比明显，衰败、苍凉之感袭面而来，表达了诗人对世事沧桑变化的无限感慨。但这些感慨全都融入摹景状物之中，用意曲折，余味隽永。

晓涉沂水二绝句

张　预[1]

其一

兰山晓沐重重黛[2]，沂水春流浅浅蓝。一缕鞭丝摇梦渡，马蹄波镜马头岚[3]。

其二

东风一夜如酥雨[4]，散作烟华满水村。白遍梨花青遍柳，泪痕眉样总销魂。

【注释】

①张预（1840—1911）：字子虞，号腹庐，钱塘（今浙江杭州）人。著有《崇兰堂骈体文初存》《崇兰堂诗初存》等。②黛：青黑色的颜料，古代女子常用来画眉。③岚：雾气。④酥雨：蒙蒙细雨。

【评析】

这两首诗描述了诗人渡沂河时的所见所感。第一首诗写兰山的清晨沐浴在一层青黑色之中，春天的沂河水清澈透明，缓缓地流淌，而且还透着一种蓝蓝的色彩。面对如此美景，诗人如梦如幻，在鞭影中渡河。马蹄在水中映照，如同在镜中一般。第二首诗写一夜的蒙蒙细雨将整个村子笼罩在缭绕的烟雾之中，伴随着春天的气息，桃花开了，柳树绿了。此情此景，怎能不让人销魂呢？诗人擅长写景，景中有情，并且用叠词使语言富有意味。两首诗在烘托手法的运用上以及对于色彩的处理上，都有独到之处，并且语言简洁清新，自然流畅，耐人寻味。

兰山道上

吴树梅[1]

回首烟峦不断青，撩人情绪雨冥冥。万松张盖自然画，一曲猗兰何处听。流水官桥深浅渡，秋山驿路短长亭。前行渐喜平如砥[2]，勉向周原[3]骤使星。

【注释】

①吴树梅（1845—1912）：字燮臣，号毓春子，历城（今山东济南）人。清光绪二年（1876）进士，任翰林院编修，后官内阁学士、户部左侍郎等。曾参与编纂《山东通志》。著有《浙使纪程诗录》。 ②砥：细的磨刀石。 ③周原：此处指光绪皇帝的陕西行宫，在今西安。

【评析】

本诗应作于光绪二十七年（1901）诗人赴陕西行宫复命的途中。烟峦、秋雨、松树、琴曲、官桥、秋山、短长亭，景物的急剧变换，映衬了诗人急于面见君王的急迫心情，特别是末句的“骤使星”，更是道明诗人为了赶赴行宫，不惜星夜兼程。但细细体会，还可以感受到诗人渗透其中的轻松愉悦的心情：诗人虽然在奋力前行，但还是仔细欣赏着路边的风景变换，描写的景象也充满了诗情画意，而且越往前走路越平坦，诗人的心情也越好。

晓发伴城

吴树梅

暮霭[1]黑千嶂[2]，早霞红半天。野平先见日，山远淡浮烟。鸡唱知村近，虫吟搅客眠。荷花香自在，回首渡桥边。

【注释】

①暮霭：黄昏时的云雾。 ②千嶂：千峰。

【评析】

本诗从视觉、听觉、嗅觉多个角度描写了诗人清晨从伴城出发所见到的优美景象：平原日出，红霞漫天，虫吟鸡唱，荷香阵阵。诗中运用了对比、对偶等修辞手法，营造的意境空旷淡远，而“鸡唱”“虫吟”等意象又赋予了诗歌浓厚的乡土气息。诗歌语言清新雅致，给人一种美的享受。

由兰山之伴城

吴树梅

诗情画意翠微[1]间，马背秋光去复还。岩壑[2]烟云图万变，天教饱看故乡山。

【注释】

①翠微：青翠的山色。 ②岩壑：山峦溪谷。

【评析】

诗歌赞美了兰山至伴城路上的优美景色，歌颂了那隐于青翠山色中的诗情画意，以及山峦溪谷的风云万变。在这优美的秋光中，诗人去了又回来，在马背上奔波劳苦，特别是兰山这一路是出了名的难走，许多人都吟咏过这条道路的崎岖难行，但诗人不觉其苦，反觉其乐。结句说这是上天让他好好欣赏故乡的山，因为诗人吴树梅是山东历城人，所以从兰山到半城都可以看作是他的故乡。

右　军

袁　昶[1]

抢攘[2]江表[3]欲辞纷，种果惟当老右军[4]。卜墅始宁工作达[5]，写经昙礦寓斯文。广陈烂藻披[6]支许[7]，稍出良规[8]折[9]谢殷[10]。服食[11]近来殊劣劣[12]，戎盐[13]一味乞还欣。

【注释】

①袁昶（1846—1900）：字爽秋，又字重黎，号浙西村人、芳郭钝叟等，桐庐（今浙江桐庐）人。清光绪二年（1876）进士，由户部主事转总理衙门章京，后任江宁布政使，迁光禄寺卿，转太常寺卿。著有《渐西村人集》等。　②抢攘：纷乱貌。《汉书·贾谊传》：“本末舛逆，首尾衡决，国制抢攘，非甚有纪，胡可谓治！”　③江表：江外，指长江以南的地区。

④种果惟当老右军：据《晋书·王羲之传》载，王羲之在致吏部郎谢万的书信中描述辞官后的生活，有“顷东游还，修植桑果”之句。⑤作达：放达。⑥披：启发。⑦支许：高僧支遁和高士许询的并称，二人皆善谈佛经与玄理，是王羲之的好友。⑧良规：有益的规谏。《三国志·魏书·王朗传》：“朕继嗣未立，以为君忧，钦纳至言，思闻良规。”⑨折：心服，折服。⑩谢殷：谢万、殷浩。据《晋书·王羲之传》载，王羲之曾写信劝阻谢万、殷浩北伐。⑪服食：服用丹药。为道家养生术之一，是魏晋时的社会风气。⑫劣劣：不好，低劣。出自王羲之《服食帖》：“吾服食久，犹为劣劣。”⑬戎盐：岩盐，因产于戎地，故名。是服食所用的药物。王羲之《旃罽胡桃帖》：“得足下旃罽、胡桃药二种，知足下至。戎盐乃要也，是服食所须。”

【评析】

这首诗歌整体而言，表现了诗人对王羲之亦官亦隐的生活方式的肯定和羡慕。王羲之一生经历丰富且具有传奇性，他曾经在政治上有所作为，实现了自己的济世之心，又在政治失意时辞官归隐，漫游山水。在生活中，他有知己好友相伴，可以专心研习书法艺术，可以服食采药。王羲之审时、察己、知进退，遵从个人意志，对自己的生活拥有绝对的选择权，这正是许多文人无法做到的，也是他被人称羡的根本原因。该诗在艺术上表现为语言平实，格律严谨，对仗工整，善用典故。

王 导

阮 焱[①]

渡江三日哭新亭[②]，只占钟山[③]半壁青。管子何辜名被窃，周君[④]徒死鬼无灵。臣门岂屑将军印，帝座遥移上相[⑤]星。便是王家多误事，苍生不必怨宁馨。

【注释】

①阮焱（1848—1906）：又名阮本焱，字晋朋，余姚（今浙江余姚）人。曾任阜宁县知县。 ②新亭：亭名，三国吴时始建，名沧临观，晋安帝时司马恢之重修，故名新亭。东晋名士周顗、王导等人常到此郊游宴饮。故址在今江苏南京。 ③钟山：又称紫金山，在南京城东。 ④周君：即周显王，姓姬，名扁，东周君主。姬扁在位期间，诸侯国纷纷变法，诸侯也自称为王，周天子名存实亡。 ⑤上相：星名。《晋书·天文志上》："东蕃四星，南第一星曰上相。"

【评析】

该诗通过对历史人物的评说，暗讽王导身为朝廷重臣，非但没有全力维护东晋王朝的利益，反而做了一些危及国家利益的事情；身为宰相却没有尽宰相之职，让九泉之下曾为宰相的管子蒙羞不已。诗人没有进行过多的议论，在看似平静的叙述中却夹杂着对王氏家族的强烈不满，因为"王家多误事"。其实，百姓心里是有杆秤的，孰是孰非，历史不会撒谎，时间是历史的过滤器。

王右军羲之

陈得善[①]

王右军，书入神[②]，古来书法徒纷纷，兰亭一出空其群[③]，龙跳虎卧[④]姿嶙峋[⑤]，其源乃出卫夫人[⑥]。王右军，书入神。

【注释】

①陈得善（1855—1908）：字薏斋、一斋，又字三蕉，别号南乡子，象山（今浙江象山）人。著有《石坛山房全集》。②入神：形容达到神妙之境。 ③空其群：指王羲之书法超群。唐韩愈《送温处士赴河阳军序》：“伯乐一过冀北之野，而马群遂空。夫冀北马多于天下，伯乐虽善知马，安能空其群邪？解之者曰：‘吾所谓空，非无马也，无良马也。伯乐知马，遇其良辄取之。’” ④龙跳虎卧：比喻文笔、书法纵逸雄劲。⑤嶙峋：本形容山峰、岩石、建筑物等突兀高耸，此处形容王羲之书法笔势雄健、气势非凡。 ⑥卫夫人：即卫铄，东晋著名书法家，王羲之、王献之少时曾从她学习书法。

【评析】

本诗赞扬了王羲之作为书法家的非凡成就。诗人以“王右军，书入神”为中心，用类似咏叹的诗句，写王羲之书法出神入化、卓然超群，字里行间充溢着对书圣的由衷赞美之情。这首诗在艺术上的显著特点是句式灵活，感情充沛，有一唱三叹的韵味。

沂河春思

王以敏[①]

波浅石粼粼，晴光点白蘋[②]。乱山愁不语，衰柳若为春。天远梦逾远，春归客未归。临流看鬓影，底[③]用惜花飞。

【注释】

①王以敏（1855—1921）：原名以慜，字子捷，号梦湘，武陵（今湖南常德）人。清光绪十六年（1890）进士，改庶吉士，授翰林院编修，官江西抚州、瑞州等地知府。著有《檗坞诗存》。 ②白蘋：多年生水草，茎横卧在浅水的泥中，叶柄长，顶端集生四片小叶。全草可入药。 ③底：何，什么。

【评析】

此诗描述了诗人观赏沂河时的感受。在诗人笔下，沂河水面波光粼粼，水中的草儿映照着点点水光；远处的山静默无语，干枯的柳树等待着春天的消息。此情此景，令诗人百感交集。诗人思念家乡，感时伤逝，各种情绪纷至沓来。诗人采用白描手法，借助拟人等修辞手段，将情感融入对景物的描写之中，使该诗情景交融，感情细腻，很有意境，成为一首写景抒情的好诗。

渡沂河

王以敏

高树晓啼鸦，清川带[1]郭斜。渔镫明似月，官艇小于瓜。远水通湘梦[2]，单车[3]老岁华。谁攀旧栽柳，过客是天涯。

【注释】

①带：像长条形的带子一样。 ②湘梦：梦湘。王以敏是武陵（今湖南常德）人，湘梦即他对故乡的思念之梦。 ③单车：无随从之车，以示孤独之意。

【评析】

该诗描述了诗人渡过沂河时的所见所感。高高的树上有乌鸦在黎明时鸣叫，清澈的河流像带子一样从城郭边穿过；渔船上的灯火依然亮着，官家的小船显得更加小巧。诗人的描写由远景到近景，很有层次。随后，诗人由写景转入抒情，抒发自己对故乡的思念，最后又感慨自己如同过客一般行走在天涯之间。该诗由景而情，由情而理，层次井然。

兰亭十三跋五月十二日

爱新觉罗·载湉[1]

获此明珠喜不胜[2]，南浔恰遇独孤僧。世人但学兰亭面[3]，只有鸥波独擅能。

【注释】

①爱新觉罗·载湉（1871—1908）：清朝第十一位皇帝、定都北京后的第九位皇帝，年号光绪，史称光绪帝。 ②胜：尽。 ③面：形式，表面。

【评析】

诗歌描述了诗人得到《兰亭序》后的喜悦心情。诗人由获得《兰亭序》，进而想到撰写此序的人具有超凡脱俗、自由自在、闲适自然的心境。诗人运用对比手法，揭示了《兰亭序》乃王羲之所独有，其他临摹《兰亭序》的人仅仅学到其形式而已。随后，诗人用拟人手法再次告诉我们，真正领会王羲之精神的，也许只有在水中荡起波光的鸥鸟罢了。

过琅琊

卢　谳[1]

故园春暖树应花，此地经今草未芽[2]，已过黄河三百里，一川冰雪度琅琊。

【注释】

①卢谳：清同治年间在世。字籁亭，泸溪（今湖南泸溪）人。著有《红竹山房文稿》《红竹山房诗草》等。 ②芽：发芽。

【评析】

这首诗是诗人在旅途中路过琅琊时所作的即景诗。从诗的内容可以看出诗人在一路前行，而且是长途跋涉。正因如此，诗人才发出感慨：此时的家乡应该是春暖花开了，可是琅琊依然冰雪漫漫、衰草连天！诗人表面上感慨的是大自然的神奇变化，内心深处是否也有对人生无常的体悟呢？该诗采用对比手法，将南方的温暖与北方的寒冷相对照，有力地衬托了诗人的内心世界。

晓过沂州府城

徐贤杰①

斜汉②横天夜四更，戍楼③鼓角④辨沂城。启关纳客鸡羞敩⑤，扶梦登车马不惊。风动帘开筛月影，河流水合碾冰声。任他霜雪持寒势，东海云红日已生。

【注释】

①徐贤杰：清同治、光绪年间在世。原名贤尊，字震卿，潜山（今安徽潜山）人。著有《三山诗话》《三山吟草》等。②汉：银河。古代称银河为云汉、天汉、银汉等。③戍楼：旧指边防驻军的瞭望楼。此指城楼。④鼓角：古代军队中用来发出号令的战鼓和号角。⑤敩：《说文解字》释为“觉悟也”，此当指醒。

【评析】

此诗是诗人路过沂州城时所作。诗人极力描写此城的静谧：四更天，银河横卧于天际；沂州城内隐约闪现着城楼的模样，店铺开门纳客，连鸡都懒得鸣叫几声；诗人在睡梦蒙眬中出发，连马儿都不感觉惊奇。诗人不仅以静写静，更以动衬托静：风儿吹动着门帘，透出皎洁的月光；行走在河面上，冰面被碾轧，发出吱吱的声音，这一切更衬托出黎明时的静谧。同时，诗人通过对景物的刻画，展现出路途的辛劳，如“马不惊”一语展现出诗人黎明出发的寻常，连马儿都不觉得稀奇。此外，诗人还表达了自己不怕劳苦的精神，如诗的最后一句所展现的诗人的豪迈和乐观。总之，该诗擅长写景，动静结合，并通过对景物的刻画表达诗人的情绪。

王导

孙国桢①

大义何尝不灭亲，逆敦②既戮俨③王臣。早知温峤④忠谋密，应悔当初杀伯仁⑤。

【注释】

①孙国桢：清光绪年间在世。字辅臣，直隶乐亭（今河北唐山）人。清光绪九年（1883）进士。著有《愚轩文钞》。②敦：指王敦，东晋权臣，与堂弟王导一同辅佐司马睿建立东晋。后起兵叛乱，病死军中。 ③俨：俨然。 ④温峤：字泰真，东晋名将。曾参与平定王敦、苏峻的叛乱。 ⑤伯仁：即

周顗，字伯仁，两晋时期名士、大臣。

【评析】

史书记载，王导和王敦在东晋政权的建立过程中立下了汗马功劳，有“王与马，共天下”的说法。后王敦起兵反叛，王导大义灭亲，选择拥护晋元帝，设计讨伐逆贼王导。温峤假意勤勉恭敬，探取王敦军中虚实，给了王敦致命打击。叛乱虽被平定，可惜周顗终因王导的误解而被王敦杀害，王导方有“吾虽不杀伯仁，伯仁由我而死”之千古名言。诗人围绕王敦之乱这一事件，评价历史人物，抒发个人见解，“俨”是对王导的否定，“应悔”是替王导忏悔，可见诗人对王导的政绩及人格均评价不高。诗歌用语质朴自然，诗情诗意却锋芒尽显，有一鼓怨责之气贯穿其中。诗人“托诗以怨”，让人不禁跟随诗人的思路怨其所怨，这也是该诗的魅力所在。

王羲之

孙国桢

清真潇洒①绝尘②襟，时势艰危隐恻③心。殷浩庸才难纳诲，不应谢傅④拒良箴⑤。

【注释】

①潇洒：洒脱不拘，超逸绝俗。唐李白《王右军》：“右军本清真，潇洒出风尘。” ②绝尘：超脱尘俗。 ③隐恻：内

心深处深感痛苦。 ④谢傅：指东晋谢安，因卒赠太傅，故称。 ⑤良箴：疗效好的针砭。比喻有益的劝谏。

【评析】

诗人称赞王羲之在政治上有远见卓识，同时对他的建议不能被采纳表示惋惜。王羲之在后世文人心目中具有非凡魅力，他为人洒脱风流，具备魏晋名士风范，同时在政治上很有建树，亦关心时局和百姓疾苦，拥有满腔爱国热忱。后世文人羡慕他既能参与政治，实现一己抱负，又能逃脱名利的枷锁，保持身心的纯粹和自由。也有不少人对他不能有更大政治成就深表惋惜，本诗的诗人就是其中之一。这首诗在艺术上表现为以议论结篇，语言朴实，善于用典。

临王右军兰亭序

王惟成[①]

江左风流迥出尘[②]，兰亭书序信堪珍。斯文一览传今昔，诸本千秋辨赝[③]真。落笔清超推妙墨，放怀俯仰感良辰。问谁学得临池法，瘦劲[④]方能妙入神。

【注释】

①王惟成：清光绪年间在世。字襄生，号湘笙，又号惺龛。著有《延桂山房吟稿》《延桂山房词草》《延桂山房文集》《延桂山房别集》。 ②出尘：超凡脱俗。 ③赝：假

的，伪造的。 ④瘦劲：瘦硬有力，多指书法。宋胡仔《苕溪渔隐丛话后集·东坡二》：“鲁直云：‘《黄庭经》，王氏父子书，皆不可复见。小字残缺者，云是永禅师书，既刓缺，亦难辨真伪。差大者，是吴通微书，字形差长，而瘦劲笔圆，胜徐浩书也。’”

【评析】

该诗描述了《兰亭序》的珍贵以及诗人临帖时的感受。诗人认为《兰亭序》是江东风流的标志，此序一出，摹本万千，真假难辨。这是用衬托手法来揭示羲之书法作品的珍贵与难得。随后，诗人由临摹羲之作品，联想到羲之当时超凡脱俗的情怀。最后，诗人感慨谁能学得到羲之书法的精髓呢？这一感慨，再次揭示了羲之书法技艺的高超。在艺术手法上，该诗议论与叙事结合，并通过夸张和衬托手法来展示羲之书法作品之珍贵。

端午兰山道中夜行

伍兆鳌[①]

金棍[②]何曾限两轮，四更犹自走黄尘。乱山月落疑无路，深树风来似有人。荀况此邦终息影，王维佳节倍思亲。望乡怀古百端集，不觉鸡号沂水滨。

【注释】

①伍兆鳌：清光绪年间在世。字纶才，号石羊山樵、古

峰。清光绪六年（1880）进士，九年（1883）改翰林院庶吉士，十二年（1886）散馆以知县用，官至刑部主事。著有《虚字浅解》《展峰诗草》等。 ②金柅（nǐ）：金属的刹车片。

【评析】

诗歌前半部分写景：端午节这天夜里，月亮落下去了，诗人走在乱山之中，一阵风吹来，树丛里好像有人走过来。这种阴森可怖的场景衬托了诗人行路的险恶与艰难。诗歌后半部分怀古思乡，诗人很巧妙地镶入了荀况和王维的名字，并化用“每逢佳节倍思亲”，表达了端午佳节之际自己仍然奔波在路上的无奈与思乡之情。

王子猷令菖蒲拜竹歌

张宝森[①]

甘蔗[②]愿受弹，菖蒲[③]肯下拜。淇园大夫[④]渭川公[⑤]，此福更逾九锡快。狂哉王子猷，生平看竹称风流。不屑折腰揖园主[⑥]，恰令九节仙子[⑦]常低头。右军家儿辄简傲[⑧]，拄笏[⑨]朝对西山秋。此君[⑩]声价殆如戴安道[⑪]，累汝雪夜独放剡溪舟[⑫]。竹兮竹兮，可知苻坚[⑬]作天子，氐种原以蒲为氏，大秦国姓何其尊？一遇王郎贱如此！王郎王郎不再来，凋零蒲柳今古哀。君家自有人如竹，林下[⑭]清风咏絮才[⑮]。

【注释】

①张宝森：清光绪年间在世。字友柏，丹徒（今江苏镇江丹徒区）人。清光绪十四年（1888）举人，官仪征训导。著有《悔庵诗存》。 ②甘蕉：芭蕉的别称。 ③菖蒲：多年生草本植物，生长在水边。菖蒲有香气，是中国传统文化中可防疫驱邪的灵草，端午节有把菖蒲叶和艾捆在一起插于檐下的习俗。菖蒲根茎可制香料。 ④淇园大夫：指竹子。 ⑤渭川公：指竹子。《史记·货殖列传》："齐、鲁千亩桑麻；渭川千亩竹……此其人皆与千户侯等。" ⑥不屑折腰揖园主：不屑于拜见竹子的主人。《晋书·王徽之传》："时吴中一士大夫家有好竹，欲观之，便出坐舆造竹下，讽啸良久。主人洒扫请坐，徽之不顾。" ⑦九节仙子：指菖蒲。 ⑧简傲：高傲，傲慢。 ⑨笏：古代大臣上朝时手中拿着的狭长板子。《晋书·王徽之传》："冲尝谓徽之曰：'卿在府日久，比当相料理。'徽之初不酬答，直高视，以手版柱颊云：'西山朝来致有爽气耳。'"后以"拄笏看山"形容在官而有闲情雅兴。 ⑩此君：指竹子。《晋书·王徽之传》："尝寄居空宅中，便令种竹。或问其故，徽之但啸咏，指竹曰：'何可一日无此君邪！'" ⑪戴安道：即戴逵，字安道，东晋时期著名美术家、雕塑家。《晋书》列其于《隐逸传》中，称其"性高洁，常以礼度自处，深以放达为非道"，又说他"少博学，好谈论，善属文，能鼓琴，工书画，其余巧艺靡不毕综"。 ⑫雪夜独放剡溪舟：指王子猷雪夜访戴逵之事。《晋书·王徽之传》：王徽之"尝居山阴，夜雪初霁，月色清朗，四望皓然，独酌酒咏左思《招隐诗》，忽忆戴逵。逵时在剡，便夜乘小船诣之，经

宿方至，造门不前而反。人问其故，徽之曰：‘本乘兴而行，兴尽而反，何必见安道邪！’” ⑬苻坚：字永固，氐族，十六国时期前秦君主，成功统一北方大部分地区，与东晋南北对峙。苻坚于公元383年发兵南下意图消灭东晋，史称淝水之战，但最终为谢安、谢玄所败。 ⑭林下：指山林田野退隐之处。晋有竹林七贤，“林下”成为名士代称。此处指谢道韫。《晋书·王凝之妻谢氏传》：“初，同郡张玄妹亦有才质，适于顾氏，玄每称之，以敌道韫。有济尼者，游于二家，或问之，济尼答曰：‘王夫人神情散朗，故有林下风气。顾家妇清心玉映，自是闺房之秀。’” ⑮清风咏絮才：指才女谢道韫。《晋书·王凝之妻谢氏传》：“王凝之妻谢氏，字道韫，安西将军奕之女也。聪识有才辩。叔父安尝问：‘《毛诗》何句最佳？’道韫称：‘吉甫作颂，穆如清风。仲山甫永怀，以慰其心。’安谓有雅人深致。又尝内集，俄而雪骤下，安曰：‘何所似也？’安兄子朗曰：‘散盐空中差可拟。’道韫曰：‘未若柳絮因风起。’安大悦。”后以“清风”“咏絮才”代指谢道韫。谢道韫是王羲之之子王凝之的妻子，王子猷的嫂子，因此说“君家自有人如竹”。

【评析】

这首长诗，从王徽之（子猷）令莒蒲拜竹的故事写起，接连列举了徽之赏竹、拄笏西山、雪夜访戴等典故，着重称赞了徽之儒雅风流、自由随性的名士风范。诗的末尾提及如竹才女谢道韫，始于竹，又归于竹，巧妙地做到了首尾呼应。整首长诗采用歌行体写作，句式灵活，转韵自然，气势流转，风流蕴藉，于富有变化的句式中流露出诗人对徽之的赞赏之情，使读者不由跟随其笔触，对千载之前的名士产生由衷的敬仰之情。

喜读《孙膑兵法》竹简

李一氓[1]

兰台[2]箸录已茫然，断简重现银雀山。幸有奇书能借读，老兵兴致跃当年。

【注释】

①李一氓（1903—1990）：原名李民治，四川彭州人。1925年加入中国共产党，1934年当选为中华苏维埃共和国中执委候补委员，参加长征。抗战胜利后，任中共苏北区委书记、苏皖边区政府主席、中共中央华中分局宣传部部长、中共旅大区委副书记、大连大学校长。新中国成立后，历任中国驻缅甸大使、国务院外事办公室副主任、中共中央对外联络部常务副部长、中纪委副书记、国务院古籍整理出版规划小组组长、中国国际交流协会会长。 ②兰台：汉代宫内藏书之处。

【评析】

该诗作于1974年。诗歌前两句写汉代兰台所藏的书今天已经看不到了，这令诗人很茫然，但银雀山汉墓竹简的面世又填补了他的失落。后两句则写诗人虽已年老，但学习的兴趣不减当年。该诗是一首叙事诗，语言质朴，用词简单，颇有一番情趣。

瞻仰华东革命烈士陵园

靳星五[①]

烈士陵园在眼前，岿然丰碑耸云天。英名赫赫垂千古，伟绩丰功万代传。

【注释】

①靳星五（1903—1997）：山东临沂人，中共党员。1938年参加革命，曾任山东省政府办公厅秘书处处长、中国地方史志协会理事等职。

【评析】

华东革命烈士陵园位于临沂市兰山区沂蒙路南段，陵园内安放着诸多革命烈士的遗物。该陵园环境静幽，气氛肃穆、庄严，行至此处之人，内心都会涌现出一种敬仰之情。这首诗就描述了诗人参观华东革命烈士陵园时的所见所闻，表达了诗人内心的震撼之情。就艺术手法而言，该诗重在抒情，但选词平实，不事雕琢。

颂沂蒙二首

陈士榘[①]

其一

八年浴血战，丰功著千古。鲁南多英烈，中华不可辱。

其二

孙膑竹简惊四海，羲之墨光映长虹。皆因沂蒙山水秀，文功武略壮征程。

【注释】

①陈士榘（1909—1995）：中国无产阶级革命家。曾任红军第四军副大队长、闽西第十二军师参谋长、红一军团作战科科长、第三十军代军长，参加中央革命根据地历次反“围剿”作战和长征。曾任八路军第三四三旅参谋长、晋西独立支队司令员，第一一五师参谋长，山东滨海区司令员，新四军兼山东军区参谋长、华东军区参谋长、华东野战军参谋长，第三野战军第八兵团司令员，后兼南京警备区司令员，华东军政大学副校长，军事学院训练部部长、教育长，工兵（后称“工程兵”）司令员兼人民革命军事委员会军事建筑部部长，中共中央军委顾问。1955 年被授予上将军衔。

【评析】

第一首诗写鲁南地区人民在全面抗战期间做出的巨大努力与牺牲，反映了诗人的爱国情怀。第二首诗则表达了诗人对沂蒙地区人文名胜及自然景色的赞美。就艺术特色而言，两首诗语言平实，但胜在主题鲜明。诗人在短小的篇幅内，将沂蒙地区人民的爱国之情、沂蒙地区的人文名胜及自然景色进行了简练的概括与展示。